냉소자의 달콤한 상상

냉소자의 달콤한 상상

초판 1쇄 발행 _ 2023년 7월 20일
초판 2쇄 발행 _ 2023년 8월 20일

지은이 _ 홍석준

펴낸곳 _ 바이북스
펴낸이 _ 윤옥초
책임 편집 _ 김태윤
책임 디자인 _ 이민영

ISBN _ 979-11-5877-356-4 03810

등록 _ 2005. 7. 12 | 제 313-2005-000148호

서울시 영등포구 선유로49길 23 아이에스비즈타워2차 1005호
편집 02)333-0812 | 마케팅 02)333-9918 | 팩스 02)333-9960
이메일 bybooks85@gmail.com
블로그 https://blog.naver.com/bybooks85

책값은 뒤표지에 있습니다.
책으로 아름다운 세상을 만듭니다. — 바이북스

미래를 함께 꿈꿀 작가님의 참신한 아이디어나 원고를 기다립니다.
이메일로 접수한 원고는 검토 후 연락드리겠습니다.

홍석준 지음

냉소자의
달콤한 상상

뒤집어야 비로소 보이는 답답한 세상의 속살

바이북스
ByBooks

냉소자의 이유 있는 달콤한 상상

자주 쌀쌀한 태도로 비웃었다. 차가운 웃음으로 대하길 즐겼다. 모두가 우르르 몰려가며 인정하려 할 때마다 괜히 그 무리에 끼기 싫었다. 정답 없는 세상에 분명 허점이 존재할 거란 확신으로 빈틈을 노렸다. 이상한 눈치로 날 피하기도 했지만 상관없었다. 남들이 옳다고 여기면 언제나 맞은편의 진리도 있을 거라 굳게 믿었다. 어쩌다 정반대로 내가 따르던 방향으로 다수가 달려들면 그것도 의심했다. 흔쾌히 좋아서 갖췄던 자세엔 자신감이 사라지고 움츠러들었다. 나만 알던 노래가 유명해지면 불쾌해하는 못난 마음처럼 괴팍하게 굴었다.

당연하다고 넘어가려는 말에 정색하고 덤벼들면 꼭 던지는 말에 맞았다. 넌 너무 냉소적이고 시니컬하다고. 그게 무슨 느낌인지 정작 나는 몰랐지만 남이 그리 느꼈다면 맞을 테다. 모두가 웃을 땐 웃음기를 거두고 불편함을 찾았고, 모두가 울 땐 눈물샘을 틀어쥐고 괴상함을 찾았다. 항상 성공하진 못했지만, 시도 자체로도 나름 만족감을 느꼈다. 남과 다른 면을 보고 찾아내면 어찌나 우월감이 들던지 중독이 따로 없었다. 누구도 의문을 제기하지 않는 것에 정성을 몰래 쏟았다. 너희는 몰라도 나는 색다르게 이해하며 생각한다고 증명하고 싶었다.

솔직한 삶의 자세라 여겼다. 나 빼고 전부 그렇다고 여겨도 내가 아니면 아니라고 표현할 수 있는 용기였다. 가끔 억지스럽게 짜내기도 했지만 대부분은 진심이었다. 진실로 그렇다고 여기며 뱉어도 타인의 거부감에 자주 맞서야 했다. '원래 그런 건데 왜 이러지? 튀고 싶어서 그러나?' 같은 시선은 익숙하다. 어떤 소식에도 무조건 아닐 거라고 입술을 떼며 우선 불신부터 하고 보는 태도에 가까운 이는 바로바로 질려했다.

현실을 그대로 마주하고 끄덕이는 게 어쩐지 어려웠다. 나까지 그렇다고 하면 돌이킬 수 없을 것만 같았다. 아닐 수도 있겠다는 미련은 쉽게 돌아서지 못하게 했다. "난 그렇지 않은데?"라고 입을 열고 나면 무슨 생각이라도 튀쳐나와 날 도울 것만 같았다. 무작정 아니라고 시작한 뒤 강제로 갖다 붙인 반대말은 번번이 설득에 실패했다. 좌절이 쌓일수록 다르게 돋보이고 싶은 기회는 점점 멀어졌다. 들어주는 이와 함께 생소리 할 시간도 줄어들었다.

꺼내지 못한 반대 의견은 머릿속을 떠나지 못했다. 입을 막을수록 끝없는 상상이 안으로 넘쳤다. 농축되어 찐득하게 여기저기 눌어

붙었다. 적당한 덩어리가 되면 기다렸다는 듯이 몰아쳤다. 답답하게 눌러앉아 있던 내 안의 냉소자는 쉬지 않고 이미지를 만들어 주입했다. 드러내지 못한 갑갑함만큼이나 말도 안 되는 이야기가 전개됐다. 길을 걷다가도 남의 말을 듣다가도 심지어 자다가도 혼자 킥킥대는 일이 많아졌다. 그럴 일이 없는 세상이 마음대로 뒤집어지는 기분은 통쾌하고 후련했다.

상상은 현실이 아니다. 눈앞에 존재하는 불변의 조건이 싫어서 하는 딴생각이다. 인간에게 이조차 막혔다면 사는 재미가 없어 슬펐을 테다. 기가 막힌 꿈을 그릴 때마다 스스로 무엇을 좋아하고 싫어하는지 알아갔다. 왜 굳이 어처구니없는 상황을 만들어서 킥킬대는 건지. 아니라고 믿는 바람이 투영된 새로운 세계를 만들며 깊이 빠져들었다. 나밖에 없는 그곳은 완벽했고 모자람이 없었다.

흡족감에 젖어 들수록 아쉬움이 커졌다. 혼자 하는 상상이 그저 나만의 장면으로만 간직되는 게. 내가 좇는 취향이 온전히 유일한 걸까 싶었다. 무모하게 전하려 했던 과거엔 제대로 전달된 적이 없었다. 이유 있는 냉소라도 그들은 듣길 원하지 않았다. 좋은 게 좋은 것인 사회에서 튕겨 나가길 거듭했다. 높다랗게 쌓인 실망이 안으로 파고들며 빚어낸 공상이 아까워졌다. 희망을 놓기 싫었다. 누군가는 있지 않을까? 어딘가에서 함께 낄낄거려줄.

"내 상상은 글이 된다!"

　단 한 명의 공범자라도 찾겠다는 일념으로 글자에 옮긴다. 세상엔 이런 생각을 하는 사람도 있다고 외치기 위해서. 여기선 모조리 내 멋대로 흘러간다. 상황도 설정도 관점도 결론도. 모든 글은 '꼭 그래야만 하나?'에서 출발한다. 대안 없는 비판을 향한 비난을 막기 위해 불가능을 무시한 해법을 제시한다. 내 기호에 꼭 맞는 신세계를 구축해간다. 취향은 각각의 노선을 탈 터이니 전부 좋아할 순 없을 테다. 만들어진 글이 퍼지다 보면 욕을 하는 사람의 절반만큼은 호기심을 가지면 좋겠다는 작은 소망이 있다. 꿈도 크다고 할지 모르지만 꿈은 원래 커야 하니까.

　얼마나 입맛에 맞을지는 모르겠다. 어떤 걸 좋아할지 몰라서 이것 저것 다 준비하는 수고 따윈 하지 않는다. 그럴 바엔 어렵게 잡은 메가폰을 던져버리는 게 나을 테니. 마음껏 쥐락펴락하며 꾸밀 생각에 기분이 한껏 오른다. 이래서 권력자가 높은 자리에서 내려오길 온몸으로 거부하는구나 싶은 엉뚱한 공감도 해본다. 생각만 해도 꿀이 떨어지는 달콤함을 끈적이게 글에 담겠다. 앞으로 펼쳐질 놀랍고도 미친 여정이 궁금하다면 거기서 쭈뼛대지 말고 잘 따라오도록. 혹시 모른다. 억지로 잊고 살던 당신의 입맛이 돌아올지도.

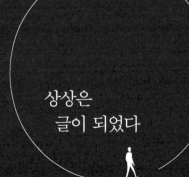

상상은
글이 되었다

2. 믿던 모든 게 달라진

Intro 너와 나의 진실이 다르다면

3. 더 이상 편리할 수 없는

Intro 필요한 불편이 사라진다면

1

구별에 따른
차별이 사라진

서로를 판단하지 않는다면

판단하며 살아간다. 이건 좋고 나쁘고, 저건 낫고 못났고. 쉴 새가 없다. 다가오는 모든 걸 구분해야 살 만하다. 합격하면 곁에 두거나 따라나서고, 탈락하면 멀리 치우거나 피한다. 마치 몸에 좋은 음식을 가려 먹듯이 철저하게. 본인이 원하는 걸 따르며 사는 건 문제가 없다. 마음 가는 대로 흘러가는 게 자연스러우니.

다만 남과 맞닥뜨리면서 상황은 벌어진다. 나와 다른 타인의 판단을 어떻게 판단할 것인가. 빈틈없이 똑같다면 좋겠지만 그는 내가 아니다. 이미 굽어 있는 안쪽 팔은 내 것을 감싸며 바깥 것을 꾸짖는다. 못생긴 너의 가치는 한참 뒤떨어진다며 행여나 같은 대우 받기를 생각도 하지 말라고. 이기적 동물답게 자신이 중심이 되길 바라는 마음은 이해한다. 그렇다고 옆을 부정하고 짓밟아야만 우뚝 설 수 있는 걸까. 우린 그러려고 모여 사는 건 아닐 텐데. 서로 다른 걸 이해하지 못한 채 비교하고 편 가르는 행위. 차등을 두는 구별이란 이름으로 박혀 있는 오래된 습관이다.

차별이 시작되면 서열이 정해진다. 순위가 높은 곳엔 더 많은 이익을 몰아주고, 낮은 곳엔 손해를 끼치기 위해서. 괜한 줄 세우기를 원치 않아서 꺼내는 '다 좋다'는 말에는 빠져나갈 길이 없다. 엄마와 아빠 중에 누가 더 좋냐고 물어보는 형국이니. 인간에게 주어진 모든 특성에 커다란 숫자 딱지를 들이댄다. 바꿀 수 없는 것에도, 좋아서 정한 것에도 상관없이 끈덕지게 붙여댄다.

한 번 붙고 나면 쉽사리 떼지도 못한다. 나락으로 빠진 인생엔 기회가 없으니까. 삐딱하게 기울어져 비대칭인 세상이 처음엔 이상했고 나중엔 싫었다. 끼리끼리 편을 먹고 대세를 주도해서 잇속을 챙기는 꼴이 사나웠다. 잘못하지 않은 이가 잘못하고 있는 이에게 보이는 비굴한 모습은 잘못된 게 맞았다.

판단을 없앴다. 정확히는 남을 향한 판단. 누구도 더 앞서거나 뒤처지지 않게. 온전히 있는 그대로 인정받을 수 있도록. 나에게 옳은 만큼 남에게도 그런 까닭이 있을 테다. 각자의 신념을 재단하는 짓을 봉쇄했다. 나만큼 남을 존중한다는 단순한 원리를 실현했다. 판단이 사라진 세계, 과연 그곳엔 우리가 원하는 진정한 관계가 넘칠까? 무시하며 교만해지거나 질투하며 비참해지는, 차마 관계라 부를 수도 없는 소모적인 굴레에서 탈출할 수 있을까?

달콤한 불법 MBTI

"그거 들었어? 옆 팀장이 자기가 선호하는 외향(E) 성향을 쏙쏙 골라서 대놓고 편애하다 딱 걸렸대. 활달한 사람이 성격도 좋고 일도 잘한다면서 주요 업무를 맡기고 고과도 후하게 줬다나 봐. 선택받지 못한 인원이 이상하다 싶어서 따져보니 남은 사람이 모두 내향(I) 성향이었던 거지. 억지로 사람을 구분해서 차별 문제를 쏟아내던 MBTI 검사가 금지된 게 언젠데 말이야.

이미 인터넷에서 사라진 질문지와 해석표를 몰래 다 적어서 가지고 있었다나 봐. 해마다 팀원에게 강제로 시켜왔었대. 그 결과를 가지고 마음대로 팀 운영을 해왔던 거지. 한 조직의 리더씩이나 되면서 어떻게 그런 틀에 박힌 구시대 사고방식으로 사람을 판단할 수 있지? 이 정도면 〈세상에 이런 일이〉에 나가야 하는 거 아냐? 아니, 그전에 먼저 회사에서 나가야지!"

"결국 터졌구먼. 그 팀장 원래부터 유명했어. 예전부터 이리저리 나눠서 꼬리표 달아놓는 거 좋아했거든. '성향 차별 금지법' 도입된 다음부터 잠잠해진 줄 알았는데 아직도 옛날 버릇을 못 고쳤네. 신입사원 면접관으로 들어가서 항상 하던 첫 번째 질문이 E형인지 아닌지였잖아. I형으로 면접을 통과 한 사람이 아무도 없었다나.

MBTI 생기기 전엔 문과랑 이과를 칼같이 나눠서 대했었어. 글 쓰는 건 문과에, 계산하는 건 이과에. 나도 그때 그 밑에서 엄청나게 당했었지. 입사는 전공 불문으로 들어왔는데 이게 웬걸? 대학 전공 적어 내라더니 그때부터 확실하게 일을 구별해서 주더라고. 마케팅 카피 써보려고 들어왔다가 열심히 재고 관리 엑셀만 몇 년 돌렸지. 아마 MBTI가 없었더라도 문이과로 차별하다가 걸렸을 거야. 중요한 보고서는 문과만 쓸 수 있다고 공공연하게 떠들고 다녔거든. 그 팀장? 물어볼 것도 없이 문과였지. 문이과 구분 교육이 아무 의미 없다고 밝혀져서 폐기처분 되었는데도 말이야."

"옛날이야기 들으니 어렸을 적에 혈액형으로 어쩌고저쩌고했던 게 떠오르네. 이젠 잘 기억도 안 나는데, A형은 소심하고 O형은 활발하다였나? 그게 뭐였는지 간에 제대로 맞는 꼴을 못 봤지. 같은 혈액형이라고 해도 사람마다 다 달랐어. 심지어 같은 사람도 상황마다 다르고. 시간이 흘러 성장하면서 변하기도 하고.

나만 해도 그래. 어릴 땐 트리플 A 왕소심이라고 놀림당하면서 자랐었는데 이젠 많이 달라졌어. 새로운 환경과 함께 변했지. 그 옛날엔 변하지 않는 규칙처럼 철석같이 믿고 소개팅할 때도 혈액형부터 확인하고 어울리는지 따지기도 했었는데. 이성적인 집단인 회사에서도 한때 굳은 선입견을 품고 고객 혈액형별 접근 전략을 짰던 시절이 갑자기 참 우스워지네. 하하."

"그래도 그때까진 애교로 봐줄 만했지. 본격적으로 패 가르기를 하진 않았으니까. 그럴듯한 4가지 잣대로 수많은 사람을 단숨에 16개 유형으로 단정 지어 버리면서 진짜 코미디가 벌어졌지. 시기도 아주 적절했어. 몹쓸 전염병으로 점점 사람 간 접촉이 줄면서 개인주의 성향이 강해지고 있던 시절과 딱 맞아떨어졌지. 마치 신흥 종교처럼 폭풍같이 휩쓸었거든.

사람을 직접 경험하면서 진득하니 알아가는 시간과 노력이 괜한 낭비로 치부되기 시작했지. 오래 걸릴 필요 없이 간편하게 몇 가지 필터로 구분하면 무척 편해졌거든. 애는 나랑 비슷하고 잘 맞는 성향, 쟤는 나랑 다르고 안 맞는 성향. 만나보기도 전에 선을 긋는 거지. 무궁무진한 사람에 대한 이해는 아무 쓸모없다는 듯이 말이야. 명함처럼 이름 앞에 무슨 형이라고 적고 다니는 꼴이 어찌나 보기 싫던지."

"효율에 미쳐 있는 직장에서는 대환영이었잖아. 만유인력의 법칙처럼 변하지 않는 진리로 떠받들면서 대대적으로 도입했었지. 직원 모두 테스트해서 결과 유형별로 조직을 새로 구성하기도 했었잖아. 얼마 안 가서 '한 길 사람 속은 절대 알 수 없다'라는 고전 속담만 증명해주면서 몽땅 실패하고 말았지만. 유형이 보여주는 건 그저 그 사람의 극히 일부였을 뿐이었던 거지.

사실 그 출발부터가 말도 안 되지. 수많은 사람을 고작 몇 개 안 되는 구멍에 다 넣을 수 있다고 생각한 것부터가 말이야. 딱 봐도 생긴 것부터가 다 다른데 어쩌자고 참. MBTI 관련 연구자, 저자, 강연자, 코치 등 이거다 싶어서 달라붙었던 자만 한몫 단단히 챙기고 끝났지. 사람들이 맹목적으로 따르면서 세상이 미쳐 돌아가니까 결국 정부가 개입해서 성향 차별 금지법까지 만들게 된 거고. 무슨 공상 과학 소설처럼."

"아직 정신 못 차린 사람 많아. 또 다른 소문엔 기준을 몇 개 더 추가한 64가지 유형 테스트가 암암리에 유행이래. 겨우 16가지였던 MBTI와 차원이 다르다면서 대대적으로 홍보하고 있나 봐. 구분을 못 하게 된 뒤부터 개개인별로 대응하면서 힘들어진 학교, 군대, 회사에선 몰래 도입해서 쓴다는 말이 심심치 않게 돌고 있어. 아마 우리 회사도 설문조사라고 하면서 자연스럽게 정보를 모으고 있을지도 몰라.

그나마 다행인 건 일단 법으로 금지되어 있기도 하고, 아직까진 반대 여론이 더 커서 수면 위로 나오지 못하고 있다는 거야. 유형이 백 개든 천 개든 관계없이 결국 획일적으로 나누는 차별은 동일한 거니까. 아마 세상이 바뀌지 않는 이상 예전처럼 밝은 곳으로 나오긴 어려울 거야."

"도대체 왜 사람을 한눈에 보기 쉽게 색칠해서 표시하려는 욕망은 멈추지 않을까? 스스로 자신이 누구인지 평생 살고도 모르고 죽는 게 우리 인간인데 말이야. 어떻게든 정해둔 규격에 맞게 욱여넣으려고 안달인 걸까. 아마도 그게 번거롭지 않고 편하니까 그런 거겠지? 빨리 쉽게 판단해서 효율화시키고 싶겠지. 개개인을 하나하나 다 살펴보면 조직이나 사회 운영에 따져야 할 것도 많아지고 품이 많이 드니까 귀찮아지고. 과학이 이만큼 발달해서 말 그대로 안 되는 게 없는 세상에 고작 인간을 파악하기가 어려우니 초조하기도 할 테고. 그러니 이런 온갖 에라 모르겠다 식 구분 짓기가 나오는 거지.

이러다 나중엔 아예 태어날 때 몇 가지 유형에 맞춰서 외모, 성격, 능력도 다 찍어내려고 하는 거 아닌지 몰라. 처음부터 딱 정해서 나오면 얼마나 편하겠어. 얘는 원래 이런 애, 쟤는 원래 저런 애. 어휴, 생각만 해도 끔찍하네."

"세상엔 시간을 들여가며 실패도 하고 고민도 하면서 배우는 부분이 필요한 건데. 정신없이 돌아가다 보니 점점 그 자리를 잃어가나 봐. '천천히'라는 말이 무슨 금기어처럼 돼버렸어. 요즘 들어오는 신입사원들한테 '조급해하지 말고 나중에 천천히 알게 될 거야'라고 하면 완전 세상에 둘도 없는 꼰대 취급받는다니까.

뚝딱뚝딱 정해지고 결정 나는 시대에 살다 보니 무얼 해도 바로바로 확인하고 싶고 알고 싶나 봐. 요즘엔 친구 사귈 때나 연애할 때도 처음부터 아니다 싶으면 그냥 안 본대. 아예 만나기도 전에 시간 낭비하고 싶지 않아서 불법으로 유형 체크를 다 하고, 어차피 안 맞

냉소자의 달콤한 상상

을 거면 만나지도 않는 거지. 이제 '첫인상과 달랐던 사람'은 존재하지 않는 거야. 아예 시작하지 않으니까."

"다른 건 몰라도 인간을 알아가는 과정이 불필요한 게 되어 버리니 슬프네. 서로 다른 걸 존중해야 어울려 살아가며 이해도 하고 배려도 하는 건데. 공감이니 화합이니 하는 건 이미 죽은 말이나 다름 없어. 아예 다르면 어울리지 않고 쳐다도 안 보니 참. 하나의 독특하고 유일한 인간으로 인정받고 사는 게 이리도 어려운 일일 줄이야. 이럴 거면 이름은 왜 다 따로 짓나 몰라. 유형 A 1번, 유형 B 2번 이렇게 하면 될 것을. 에고. 입만 아프다."

"어, 의심스러운 설문조사 메일 도착했다. 이거 어쩐지 아까 말한 64가지 유형의 업그레이드 MBTI 낚시 질문 같은데? 우리 회사도 몰래 도입해서 사람 구분하기로 작정했구먼. 간편하게 정형화해서 입맛대로 이리저리 써먹으려는 속셈으로 말이야. 눈뜬장님처럼 알면서도 당할 순 없는데. 이걸 무시해 말아. 별게 다 골치를 썩이네. 확, 신고해버릴까?"

혼자 남아야
멈출 수 있는 본능

난 왜 이 모양일까. 키도 작고 살도 많고 못생기고. 아무리 못난 사람이라도 적어도 하나씩은 나은 면이 있는데 난 가진 게 없어도 정말 없다. 요즘엔 겉으로 보이는 외모가 인생을 좌지우지하기에 이미 망한 인생이나 다름없다. 여기저기 얼굴을 비추는 곳이면 어김없이 대놓고 무시당한다. 한눈에 드러나는 부족함을 감출 길이 없으니 속수무책이다. 성형도 어디 한두 군데 필요해야 시도라도 해보는 거지, 난 답이 없다.

생긴 걸로 점수가 매겨지고 등급이 나눠지는 시대에 기준에 한참 미달하는 존재는 살 자격이 없는 셈이다. 이리 보고 저리 봐도 잘 생기고 예쁜 사람 천지다. 그들이 나와 같은 종이 맞는지 의심이 될 만큼 차이가 크다. 집 안에 있는 거울을 모두 없앴다. 실수로 내 얼굴을 보고 나면 기운이 몽땅 빠져 온종일 아무것도 할 수 없어서.

TV도 SNS도 멀리한 지 오래다. 그곳에 등장하는 인물을 받아들일 수 없다. 바깥의 현실을 알면 알수록 모자란 내가 도드라져서 견디기 어렵다. 마음을 나누던 친구도 하나씩 멀어져서 남은 이가 없다. 겉모습이 전부가 아니라는 가진 자의 위로는 위선으로 다가왔다. 너는 나처럼 태어나지 않아서 할 수 있는 마음 편한 소리라며 밀어냈다. 유전자를 공유하는 가족도 다 끊어냈다. 비슷비슷하게 가진 못난 점을 확인할 때마다 한없이 원망스러워서. 핏줄에 흐르지 않는 아름다움이 한탄으로 시작해서 증오로 바뀌고 만다. 이따위로 밖에 생겨 먹지 못한 나를 세상에 내놓은 그들이 밉다.

이제 가야 할 길은 하나뿐이다. 조금의 미련도 없는 이곳을 떠난다. 눈이 감긴다. 더러운 기억으로 가득했던 지옥 같은 삶을 드디어 잊을 수 있다. 갑자기 다가오는 검은 실루엣은 무엇일까. 커다랗고 길쭉한 손이 나를 통째로 잡아챈다.

'헉' 소리와 함께 깼다. 실제로 뱉었는지 삼켰는지 헷갈린다. 오늘 밤에만 놀라서 깬 꿈이 벌써 몇 번째인지 모르겠다. 끊이지 않고 이어진 꿈 덕분에 지금도 현실인지 확실치 않다. 이미 날은 밝아 있고 방안엔 커다란 거울이 있다. 직전의 꿈을 떠올리며 조심스럽게 앞에 선다. 멀쩡하다. 아니 오히려 잘난 얼굴이다. 몸매도 뛰어나고 매력적이다. 드디어 좋은 꿈을 꾸나 싶어 마음이 놓인다. 방문을 열고 거실로 나서는데 여러 사람으로 시끌벅적하다. 노릇노릇하게 풍기는 고소한 기름 냄새가 코를 찌른다. 침을 삼키며 다가서는데 가장 먼저

날 알아본 사람이 큰 목소리로 외친다.

"형님네 큰 애가 이제야 깼네요. 잠이 저렇게 많으니 공부할 시간이 없겠어요. 생긴 것도 괜찮은데 대학만 잘 갔어도 사람 노릇 했을 텐데. 쯧쯧. 우리 애 이번에 우리나라에서 4번째로 좋은 대학 간 거 들으셨죠? 그냥 인서울이 아니라니까요. 하긴 지방대학이랑 따지면 차이가 너무 커서 감이 안 오시겠어요. 대학 타이틀 붙으면서 인생이 완전히 갈리는 것도 잘 아시죠? 평생 따라다니잖아요. 사회에선 어느 대학 나왔느냐로 대화를 시작한다니까요. 거기서 별 볼 일 없으면 아무도 쳐다보질 않는다고요. 그래서 기를 쓰고 좋은 대학 가려는 거잖아요.

그 대단한 저희 애는 뭐 하느라 늦고요? 좋은 대학 도서관에서 열심히 공부 중이죠. 대학 이름에 먹칠하면 안 되잖아요. 큰 애야, 멀뚱멀뚱 서 있지 말고 이리 와서 전이나 부쳐라. 놀면 뭐 하니. 어차피 공부는 잘하지도 못하잖아. 해도 그 대학으론 의미도 없고. 살림 배워서 시집이라도 잘 가야지. 어여 와 앉아."

이게 뭔 개떡 같은 상황인가. 누구보다 입시에 전념했던 나다. 고작 꿈에서 지잡대 다니는 역할을 하려고 그 고생을 한 게 아니라고. 이름 알만한 대학 가지 않으면 사람 취급 못 받는 걸 누가 모르나. 꿈인 것도 잊고 본심이 나온다. 어차피 SKY 아니면 의미 없으며, 그깟 4등 싸움에 목매는 대학 쳐주지도 않는다고 바락바락 소리를 지른다.

내심 켕기는 게 있던지 목소리 큰 어르신은 얼굴이 붉게 변한다.

목에 핏대를 세우며 어디 이름 없는 똥통 대학 다니는 놈이 뭘 아냐고 쏘아붙인다. 참고 있던 내 엄마 역할도 분노를 쏟아내며 화목해야 할 명절 모임이 난장판으로 변한다. 어김없이 잊지 않고 찾아온 어두운 그림자가 장면을 지우고 꿈을 깨뜨린다.

놀라지 않고 눈을 떴다. 어쩐지 몸이 작고 가벼운 느낌이다. 작은 책상에 앉아 있는 나를 발견한다. 앞쪽의 비어 있는 칠판과 교단이 보인다. 근처엔 작은 녀석들이 쫑알쫑알 떠들고 있다. 귀를 쫑긋 세워보니 내용이 익숙하다. 슬며시 말하는 녀석 얼굴을 보니 아직 어린애다.
작은 입에서 나올 소리가 아니라서 마음에 콕콕 박힌다. 서로 사는 집을 묻고 있었다. 친구네 놀러 가려고 어느 동네에 사는지 궁금한 말투가 아니다. 크기가 몇 평인지, 자가인지 전세인지. 호구조사는 거기서 끝나지 않는다. 차는 몇 대인지 브랜드와 사이즈를 따진다. 요즘 애들 성숙한 건 익히 들어 알고 있었으나, 이리도 현실적인지는 몰랐기에 멍해진다. 화제는 자연스럽게 다음 차례로 넘어간다.
부모의 직업 정보를 서로 공개한다. 회사원이라면 기업 이름과 직책을, 공무원이면 급수를 내보이며. '사' 자 들어가는 전문직은 일단 인정해 주는 듯하다. 보아하니 데면데면한 모습이 새 학기 초에 만난 분위기다. 처음 얼굴을 보고 나누는 이야기가 예사롭지 않다. 어른들은 이 정도로 솔직할 수 없다. 알고 싶어도 초면에 가진 카드를 모두 까 보이진 않으니까. 대충 짐작으로 하나씩 짚어가며 나와 급이 맞는지 살펴본다. 어울리지 않으면 관계를 유지하기 어려우니.

이 녀석들도 친구를 사귀기 전에 어느 정도 사는지 체크하고 싶은 모양새다. 아무리 그래도 순수해야 할 아이들이 이건 너무 빠르지 않나. 끝으로 치닫는 대화를 엿듣다 결국 눈을 질끈 감고 귀를 막는다. 막힘없이 재산 규모를 숫자로 술술 읊는 초등학생의 자신 있는 표정을 더 이상 견딜 수 없기에. 끔찍한 곳을 벗어나기 위해 작은 몸을 힘껏 비튼다.

다시 몸이 커지고 넥타이를 매고 있다. 유리잔 부딪히는 소리와 시끄러운 음악 소리가 뒤섞여 들린다. 어두운 방 안에 중년 남자들이 득실거린다. 대화를 엿듣는데 직전 꿈과 별반 다르지 않다. 다만 숫자의 대상이 다르다. 연봉, 보너스, 인센티브, 주식, 코인, 부동산. 가만히 보아하니 성공에 취한 이와 침울한 이가 갈린다. 우위에 선 한 쪽의 자랑을 다른 쪽이 묵묵히 받는다.

반복하던 잘난 척이 지겨웠던지 조용한 이에게 대놓고 묻는다. "야, 졸업하고 오랜만에 만났는데 왜 이렇게 말이 없어? 너 공부 잘한다고 뻐기더니 요즘 뭐 하는데? 설마 아직도 그 회사 다니면서 쥐꼬리만 한 월급 받으며 일하고 있는 건 아니지? 요즘 누가 몸으로 일해. 머리로 하는 거지. 학교 다닐 때 공부 헛했네, 헛했어. 하하." 듣던 남자의 얼굴이 구겨지지만 입을 벌려 뱉는 건 대꾸가 아닌 한숨이다. 빈속을 채우기 위해 잔을 벌컥 비운다.

일장 연설은 계속된다. "난 정시 퇴근이니 워라밸이니 하는 건 다 능력 없는 실패자의 핑계라고 봐. 제대로 경쟁해서 이길 자신이 없으니 합리화하며 발을 빼는 거지. 사회는 전쟁터라고. 수단과 방법을 가리지 않고 옆에 있는 놈을 밟고 올라서야 하거든. 딱 봐도 각이 안 나오니까 적당히 하겠다며 물러서는 거지. 똑같이 해서 비교당하면 불리할 것 같으니 지레 겁먹고. 일 못하는 놈이 빠져나갈 구멍 만들어놓느라 바쁘다니까.

그런 놈은 어디 가서도 똑같아. 혼자서 자기 본연의 모습을 찾아 살아가겠다 외쳐도 남보다 덜떨어진 게 뭘 하겠냐고. 옆 사람보다 잘나지 않으면 그저 도태될 뿐이야. 자유네 독립이니 하는 건 다 비겁한 변명이라고. 말 나온 김에 깜짝 소식 하나 공개하지. 나 이번에 특진했어. 약해빠진 놈들 물리친 내가 오늘 쏜다!" 찍어 누르고 눌리는 친구라고 부를 수 없는 관계가 불편하다. 동창회인지 성공 콘테스트인지 혼란스럽다. 머물기 싫은 자리에서 일어나 문을 열고 밝은 곳으로 나선다.

화려한 조명과 화기애애한 분위기. 어쩐지 느낌이 좋다. 맨 앞 무대에선 이제 막 화촉에 불이 붙는다. 중앙에는 자리를 채운 모든 이의 관심과 축복을 받는 신혼부부가 탄생 중이다. 뭐가 뭔지 모르겠지만 흐뭇하게 하객석에 앉아 손뼉을 치고 축하하며 악몽은 이제 끝났다고 안심한다.

긴장을 놓자마자 옆에서 팔을 툭 치며 말을 건다. "좀 아깝지 않아?" 바로 이해하지 못해 눈만 멀뚱멀뚱 뜬다. 애초에 대답이 필요한 게 아니었던지 그는 기다리지 않고 줄줄 이어 나간다. "신랑 말이야. 저 정도 외모, 학벌, 직업, 집안이면 훨씬 나은 짝을 만나고도 남을 텐데. 듣자 하니 신부 쪽은 별거 없다던데. 오늘같이 인생 최고로 꾸며 놓은 결혼식 치장에도 너무 볼품없지 않니? 차이가 이렇게 나는데 왜 결혼하는 걸까. 혹시 시대에 뒤떨어지게 사고 한 번 쳤다고 책임감으로? 뭐가 되었든지 참 아깝네 아까워."

귀를 의심한다. 지금 내가 물건 가치를 따지는 품평회에 왔나 싶어서. 사랑하는 남녀가 만나 새로운 시작을 알리며 축하받는 자리에서 뭐 해괴망측한 소린가. 모든 걸 뛰어넘고 어떤 것도 품을 수 있는 게 사랑이 아니던가. 서로를 바라보는 따뜻한 눈빛만으로 그들이 온전한 하나임을 느낄 수 있는데, 누가 더 낫고 모자라다 평하다니. 결혼정보 회사가 잘 되는 걸 보면 세상엔 이런 놈이 많나 보다. 남녀를 점수화하고 등급을 매겨 어울릴 만해야만 인연을 맺어야 한다고 믿으니까.

사랑엔 한계가 없다는 말은 누군가에겐 거짓인 모양이다. 틀에 짜인 스펙을 갖추고 비교해서 꿀리지 않아야만 이루어질 수 있다고 말하는 옆 사람처럼. 아마 앤 죽을 때까지 비교하고 살 거다. 나중에 자기가 결혼하고 나서도 제 짝이랑 다른 집 배우자랑 따져보며 공격하겠지. 자식 태어나면 다른 집 애랑 맞춰보며 혼낼 거고. 하다 하다 사랑까지 비교하는 놈이 뭘 못 할까.

침을 뱉고 싶은 얼굴에 캭 하고 쏘아준다. "성스러운 결혼식에서 남의 사랑을 자로 재고 있는 네 인생이 더 아깝다. 그런 쓰레기랑 이야기하는 내 시간도 아깝고. 저리 꺼져라." 당황한 얼굴을 즐길 새도 없이 장면이 바뀐다.

비참과 교만이 넘쳤던 일련의 꿈들은 도대체 무엇일까. 비교의 나라에라도 다녀온 걸까. 아니면 그저 현실의 장면이었을까. 익숙하지만 낯설고 싶은 상황들. 함께 살아갈 수밖에 없는 인간은 옆을 보며 지낸다. 남의 것과 내 것을 함께 보며 무엇이 더 나은지 본능적으로 판단하게 된다. 거기서 끝나면 좋겠지만 마음이 흔들리기 시작한다. 우울, 질투, 우월, 무시. 어떤 감정이든 홀로 느끼지 못하고 상대가 필요하다.

위에 놓고 밟히든 아래에 놓고 밟든. 멈추기 힘든 원초적 본능은 모든 인간관계 갈등의 원인이다. 서로 다름을 인정하고 존중해야 한다고 하지만, 혼자 살 게 아니라면 철저한 점수표로 가득한 세상에선 무리다. 남 잘되는 꼴을 못 보고 헐뜯는 자태와 나가떨어져 초라해진 자의 비관은 일상이다.

그러고 보니 이젠 나뿐이다. 주변에 아무도 없다. 이번엔 혼자 지내며 비교 대상 없이 살아보는 꿈인가 보다. 홀로 남으면 평정을 유지하고 자신만 바라보며 흔들림 없이 지낼 수 있겠지? 혹시 어제의 나와 오늘의 나를 비교하고, 오늘의 나를 내일의 나와 비교하진 않으려나. 만약 이곳이 마음에 든다면, 그러니까 외로움이 차라리 견디기 쉽다면 다신 사람 가득한 곳으로 돌아가지 않아도 되는 걸까. 꿈에서 깨길 바라는 기도를 해야 할지 고민된다. 우선은 이 고요함이 좋다. 아무리 둘러봐도 비교되지 않는 지금이 마음에 든다.

냉소자의 달콤한 상상

마음을 얻을 기회는
딱 세 번

그는 아침에 일어나기도 전에 불안하다. 다시 새벽으로, 더 깊은 밤으로 도망가고 싶은 그의 바람과는 정반대로 날이 밝고 만다. 오늘은 그녀와의 마지막으로 예정된 만남이 있는 날이다. 내일부터는 아무것도 정해진 게 없다. 다시는 못 볼 수도 있고, 어쩌면 한 번 더 만날 수도 있다. 그녀를 향한 변함없는 그의 마음은 할 수 있는 게 없다. 오로지 그녀의 선택에 달렸다.

그는 처음에도 믿을 수 없었고, 지금도 믿을 수가 없다. 그녀와 마주 앉아 이야기를 나눌 수 있는 게 거짓 같았다면, 벌써 세 번째 데이트라는 게 농담 같았다. 내일 바로 세상이 끝나도 상관없던 첫날 아침의 마음은 이제 그에게 찾아볼 수 없다. 오직 기댈 곳 없는 숱한 욕망만 온몸을 쏘다닌다. '제발 오늘이 마지막이 아니길, 제발.' 그의 머릿속은 이것 말고는 텅 비어 있다. 최초의 감사와 만족은 사라진 지 오래. 다음이 꼭 있어야만 한다는 강박에 온몸이 녹아내린다.

원래 그녀는 그와 다른 세상에 살았다. 말만 그런 게 아니라 실제로 둘은 만날 수 없었다. 그녀는 90점 이상만 존재하는 S등급 지역, 그는 50점 미만이 모여 있는 D등급 지역에 각각 지내고 있었다. 이론적으로는 평생 볼 일이 없었다. 어떤 식으로든 2등급 이상 차이 나는 커플은 공식적으로 인정받지 못했다. 식당에서든 가게에서든 함께 있기만 해도 바로 신고되어 격리되었다. 주고받는 연락도 빠짐없이 감시받았고 곧 차단되었다.

아무도 안 보는 곳에서 숨어 살 게 아니라면 잘못된 연인은 애초에 시작할 수 없었다. 미혼 남녀에게 붙은 점수와 등급은 계급과 같았다. 위치한 층이 다르면 쳐다볼 수도 어울릴 수도 없는. 사회가 정한 이상 누구도 어기려 들지 않았고 순순히 받아들였다. 투명한 유리벽이 눈에 보이듯 선명하고 단단하게 구분하고 있었다. 마치 서로 다른 종 간의 접촉을 막으려는 듯이.

그땐 그야말로 사람이 채점되는 시대였다. 나누고 구별할 수 있는 모든 차이를 조건으로 세웠다. 외모, 체형, 나이, 학력, 직업, 재산, 차량, 혈액형, MBTI, 사주팔자, 전공, 부모 직업, 가족 구성, 거주지, 자가 여부, 고향, 유전병, 흡연, 음주, 워킹홀리데이, 종교, 취미, 자녀계획 등. 그 어떤 가상 세계 속의 게임 캐릭터 능력치보다 세분되어 있었고, 방대한 데이터를 기반으로 근거를 마련해두었다.

쓸데없이 자세한 기준을 바탕으로 사람을 쓱 한 번 훑고 나면 종합 점수와 등급이 정해졌다. 일 년마다 검사받아야 했고, 원하면 수

냉소자의 달콤한 상상

시로 재검을 받을 수 있었다. 조금이라도 점수를 높이기 위한 온갖 꼼수와 사기가 판을 쳤다. 걸리면 징역 5년이 기본이었지만, 높은 등급에 오르는 걸 인생 역전으로 여겼기에 그 정도 위험은 별것 아니라는 듯 불법 채점자는 점점 늘어났다. 그럴수록 조건은 상세해지고 까다로워졌다. 새로 강화되는 조건 발표가 있을 때마다 새로운 범죄는 생겨났다.

옆으로 둘러서서 서로 다른 모습으로 어울리던 세상은 사라지고, 위아래로 짓밟고 밟히는 수직 관계로 길게 늘어섰다. 조금이라도 위에 올라서야만 삶의 가능성을 느낄 수 있었다. 누구도 인간을 쳐다보지 않았다. 오직 높은 숫자만을 바라고 원했다. 어린아이의 장래 희망은 늘 S 등급이었다.

미쳐 돌아가던 세상은 다행히 정신을 차렸다. 모든 게 그 이전으로 돌아왔다. 점수와 등급은 사라졌다. 하지만 오랫동안 보이지 않는 경계를 지키고 살았던 투명 계층 사회가 어찌나 지독했던지 사람들은 서로 쉽게 어울리지 못했다. 몰래 빼돌린 수년 전 데이터를 기반으로 호감 있는 상대의 등급을 확인하고 선을 그었다. 여전히 갈라선 세상은 굳은 채 움직이지 않았다.

결국 조화로운 화합을 위해 사회는 강수를 두었다. 만남을 원하는 남녀에게 최소한의 데이트 횟수를 법으로 정해줬다. 공식적으로 어느 한쪽이 데이트 요청을 하면 무조건 3번은 만나야 했다. 직접 보기도 전에 과거의 본능처럼 여러 조건을 따지며 선입견을 품은 채 마음을 닫는 경우를 차단하기 위해서였다. 가득 채운 고정관념을 깰 수 있는 건 닿아서 느끼는 감정뿐이라는 판단이었다. 새로운 사랑의 기회 속에 다양한 연인이 탄생했고 세상은 천천히 섞이기 시작했다.

한쪽에선 그럴듯한 이유를 들며 억압이라면서 강하게 반대했다. 양쪽이 원하지 않는 억지 만남이라 우겼고, 정신적 물리적 데이트 폭력의 가능성이 높다고 주장했다. 번드르르한 핑계에 불과했고, 그들의 속마음은 뻔했다. 과거의 기준으로 조건이 좋지 않은 사람, 그러니까 낮은 등급 출신은 어느 모로 보나 모자라기 때문에 문제가 생기고 말 거라는 뿌리 깊은 불신. 밑에 있는 사람과 섞이지 않겠다는 독한 변명은 다행히 그때로 돌아가지 않겠다는 사회의 의지 앞에 모조리 거부당했다.

그에겐 절호의 기회였다. 그녀를 짝사랑해온 지 벌써 몇 해째다. 맨 처음엔 사랑에 눈이 멀어 그녀의 높은 점수와 등급이 눈에 들어오지 않았다. 매일 밤 뜨거운 감정이 깊어질수록 그와 멀기만 한 큰 숫자와 거대한 문자는 선명하게 파고들었다. 짝사랑을 하는 모든 사람의 소망처럼 표현이라도 하고 싶었지만, 그녀에게 손해를 끼치는 짓은 절대 할 수 없었다. 한없이 낮은 자신이 그녀를 마음에 품었다는 기록이 남기라도 하는 건 큰 죄악을 저지르는 것과 같았다. 그렇게 수년을 끙끙 앓고 지냈다.

어느 날 갑자기 온갖 족쇄와 굴레가 사라진 거짓말 같은 날이 찾아왔다. 갇혀 지낸 마음은 현실을 바로 믿지 못하고 좀 더 웅크리고 있었다. 아주 천천히 조금씩 빠져나온 단단한 사랑은 그제야 목적지를 바라봤다. 숨을 고르고 한 걸음을 내디뎠다. 드디어 그녀에게 데이트 신청을 해냈다.

첫 만남의 기쁨은 무표정한 그녀의 얼굴에 묻히는 줄 알았다. 혼자 신나서 준비된 이야기를 늘어놓는 그는 자칫하면 실망할 뻔했다. 직접 만나는 것만으로도 더 이상 소원이 없겠다던 마음을 그새 못 참고 간사하게 잊어버렸다. 그에게 두 번째 만남은 덤이었다. 이미 죽을 때가 훨씬 지난 환자에게 신이 쥐여준 또 다른 하루같이. 그날부터 둘은 함께 이야기를 나눴다. 첫날의 순수함과 간절함이 통했는지 그녀가 입을 열었다. 얼핏 피하지 못해 즐기는가 싶기도 했지만 기쁜 웃음은 진짜 같았다.

그는 믿을 수가 없었다. 듣고 있는 그녀의 목소리와 보고 있는 그녀의 미소를. 어쩌면 우리가 잘 통하는지 모른다는 착각도 괴롭지 않았다. 높다란 벽에 막혀 있던 예전엔 그저 다른 사람, 아니 다른 생명체로만 인정할 수 있었다. 그 세상에선 그녀와 만난다는 건 꿈이기에 충분했다. 꿈을 이룬 그는 이제 점점 욕심이 났다.

그의 맞은편 비어 있는 의자에 그녀가 앉으면 법으로 정해진 마지막 데이트가 진행된다. 그는 궁금하다. 그녀는 어떤 마음으로 나올지. 불법을 저지르기 싫어서 만나고 있을 뿐일까? 그가 그녀의 예전 점수와 등급을 기억하듯 그녀도 그의 조건을 알고 있을까? 오늘만 지나고 나면 다시 모르는 사람처럼 지내게 되는 걸까? 걱정과 의문은 끊임없이 그를 괴롭힌다.

답이 없는 고통은 곧 끝이 난다. 그녀가 꿈처럼 도착한다. 그에게 손짓으로 인사를 건네며 걸어온다. 앞으로 둘은 어울릴 수 있을까. 마지막 만남을 완수하고 미련 없이 각자의 자리로 돌아가고 말까. 이미 오래전에 사라진 크나큰 점수 차이만큼 둘 사이는 멀어져야만 할까. 조건이 빠진 사랑은 사랑이 아닌 걸까?

딱 한 번
바꿀 수 있다면

"바꿀 거야 말 거야? 시기는 다가오는데 마음을 못 정해서 죽겠네. 좋은 기회인 건 알겠는데 중대한 선택을 개인에게 맡겨두니 너무 부담이야. 이게 뭐 짜장면 또는 짬뽕도 아니고. 어쨌든 한 번 정하면 평생을 가는 거니까 마음이 복잡해. 요즘엔 죄다 이 이야기하느라 난리야. 만나면 인사가 뭐로 정했냐고 묻는 거라고. 다들 죽을 맛인 거지. 인생에 다시없는 찬스지만 고르긴 정말 어려우니. 차라리 이미 정한 어른들이 부럽다니까. 어쨌든 더 이상 고민 없이 쭉 살면 되니까.

바꿀 수 있다는 게 이렇게 고통스러울 줄은 어릴 적엔 미처 몰랐네. 그때만 해도 빨리 차례가 오길 바랐거든. 이때쯤이면 명확히 가고 싶은 길을 정했을 줄 알았지. 근데 막상 결정하려고 하니 머리가 하얘지고 손발이 떨리고 온몸에 땀이 나고 멍해지네. 오죽 답답하면 입 무거운 너를 불러냈겠어. 오늘은 단둘이니까 가진 생각 좀 풀어봐봐. 막막한 마음을 좀 달래주렴, 친구야."

"흐흐. 내가 집에 틀어박혀서 고민하는 걸 어찌 알았지? 하긴 내가 아니더라도 지금 아무 고민이 없는 게 이상하지. 어쩌면 지금까지의 삶과 완전히 달라질 수 있으니 쉬운 일은 아니야. 만약에 바꾼다면 말 그대로 새로운 인생을 살게 되는 건데. 아기로 태어나서 천천히 배우는 게 아니라 다 커버린 어른 아이가 되어 하나씩 더듬거리며 터득하겠지. 그걸 원하고 즐기는 사람에겐 흥미진진한 도전일 수도 있겠지만, 아닌 사람은 쉽게 변신하기 어려울 거야.

그렇다고 제자리에 남는 건 그것대로 괴로워. 원래대로 유지하면 반대로 살아보지 못한 아쉬움을 평생 안고 살 거라고. 살면서 가장 많이 하는 후회, '아, 그때 해볼걸' 중 최고봉일 테지. 사람마다 다르겠지만 사실 이래도 저래도 깔끔하게 물러서긴 어려울 거야. 네 말마따나 이게 이번엔 이거 먹고 다음엔 저거 먹어야지 하는 것과는 차원이 다르니까."

"겨울에 눈 내리는 뻔한 이야긴 그만해라. 그래서 넌 어떻게 하기로 했는데? 최소한 어느 쪽으로 기울어져 있는지 알려줘봐. 참고 좀 하게, 딱 참고만. 요즘 생전 없던 두통을 달고 산다니까. 앞으로 여자로 살 거냐, 남자로 살 거냐만 떠올리면 아주 지끈지끈해. 차라리 중성화 옵션이 있으면 진지하게 고려해보고 싶다니까.

성을 바꿀 기회를 준다는 건 엄청난 혜택 같지만 따지고 보면 형벌에 가까워. 그냥 예전처럼 태어난 대로 끝까지 살면 아무 걱정이 없을 텐데. 누리는 것만큼 책임도 져야 한다는 지루한 말은 굳이 안 해도 되고. 나도 잘 알고 있어. 이런 기회를 가질래 말래라고 하면 아쉬워서 일단 받아들일 게 뻔하지. 아예 없는 자유보다는 힘든 자유가 나으니까. 자, 그러니까 친구야 우린 어쩌면 좋겠니. 남자냐 여자냐 그것이 문제로다!"

"흠… 이건 나만 알려고 따져본 건데 네가 어찌나 딱하게 구는지 털어놔 볼게. 처음엔 마음이 시키는 대로 따르려고 했는데 쉽지 않더라고. 자고 일어나면 마음이 바뀌고, 나중엔 하루에도 몇 번씩 뒤집히고. 찬찬히 양쪽을 바라보면서 분석을 시작했지. 이쪽에서 살아보면서 느낀 점과 저쪽을 바라보면서 상상해본 장단점을 늘어놓았어. 얼마나 동의할지는 모르겠네. 조용히 들어만 준다는 네 말을 믿어보겠어.

처음엔 남자로 결정했었어. 누가 뭐라 해도 남성에게 유리하게 돌아가는 사회 때문이지. 익숙하다고 생각했던 점이 막상 고른다고 생각해보니 심각하게 다가오더라고. 우선 외모 평가에서 자유로운 점이 컸어. 우리도 지나가는 여자나 여자 연예인한테는 이렇다 저렇다 말 많이 하잖아. 여기가 모자라네 저긴 훌륭하네 하면서. 심한 녀석은 점수 매기면서 줄까지 세우고.

반대로 사내는 외모를 그렇게까지 디테일하게 살핌 당한 적이 잘 없을 거야. 어르신도 여자애한테나 '아이고 예쁘게 생겼네' 할 뿐이잖아. 남자는 대충 허우대 멀쩡하면 큰 틀에 담아서 퉁 치고 말아 버리지. 그나마 둘러대는 말이 '키만 적당히 크면 남자는 충분하지'잖아. 가뜩이나 누가 나한테 뭐가 낫네 못났네 하는 거 싫어하는데, 바꿀 수도 없는 겉모습이 주야장천 뜯어 재껴질 상상을 하면 잠이 안 오더라고. 고민 없이 남자를 골랐던 가장 큰 이유야."

"배부른 소리 하고 있구나. 넌 키가 어느 정도 있으니까 그렇지. 키 작으면 남자로 쳐주지도 않더라. 이 나라에서 키 작은 남자는 수많은 굴욕을 견디며 지내야 해. 여자는 작으면 귀엽다고 하잖아. 남자는 작으면 일단 없어 보인다고 해. 어쩔 수 없는 키를 만회하기 위해 다른 걸로 애를 써야 한다고. 못생긴 남자는 성형시키면 되지만 키 작은 남자는 답이 없다는 말도 있대. 이게 과거 있는 여자는 용서해도 가슴 작은 여자는 용서 못 한다는 못된 말과 뭐가 달라.

외모 지상주의는 꼭 한쪽만의 굴레가 아냐. 완벽히 자유로운 성별은 없어. 거기에다 대한민국 남자는 사는 내내 능력으로도 평가받지. 연봉이 얼마며, 차가 뭐며, 집이 있는지로 드러나는 그놈의 능력 말이야. 어떤 가정이 경제적으로 힘들다고 하면 넌 바로 뭐가 떠오르니? 그 집 남편이나 아빠의 벌이가 시원찮거나 사업을 말아먹은 걸로 이어지지 않아? 대낮에 술 취한 남자 백수가 방구석에서 나뒹구는 모습이 그려지지 않냐고. 절대 아내나 엄마가 돈을 못 벌어와서 그렇다곤 생각 못 할걸. 세상은 여전히 손에 쥔 숫자로 가혹하리만큼 그 남자의 인생을 재단하지. 성공인지 실패인지 단칼에 잘라낸다고. 돈 없으면 사람 취급도 못 받는 게 남자야."

"와, 너답지 않게 고민 많이 했네. 맞아, 남자에게 요구되는 사회적 틀이 만만치 않지. 아직도 이해를 못 하는 건 왜 눈물이 공평할 수 없는지야. 여성이 울면 손수건이 나오지만, 남성이 울면 손가락질이 먼저야. 사람이 감정을 똑같이 느끼고 표현하는 건데, 왜 울면 못난 놈 취급하는 건지 모르겠어. 지금이 어느 시대인데 남자는 태어나 3번만 울어야 한다는 헛소리를 하고 있냐고.

도대체 어디서부터 잘못된 건지 사회 전반에 '남자다움'이 깔려 얽매고 옥죄고 있어. '사내 녀석이 그러면 안 되지'라는 대사는 다큐멘터리 기록영화에서나 등장해야 하는 거 아닐까? 아무리 힘들고 어려워도 앓는 소리 못하고 무조건 견디고 버티는 게 옳다는 분위기는 잘못됐어. 군대에서 빚어진 서열 문화가 한몫한다고 생각해. 위에서 까라면 까라는 식이 사회에 나와서도 만연해 있잖아. 억울해도 말 못하게, 원래 다 그런 거라고 몰아가지. 참다 참다 결국 튕겨 나가면 안쓰러워하는 게 아니고, 남자가 저걸 못 버텨서 어디다 쓰냐고 이어지고. '남자답지' 못하면 살기 힘든 곳이야."

"으아. 생각하기 싫은 현실이 네 덕분에 실감 나게 떠올라서 갑갑해진다. 근데 답답한 상황은 여성에게도 마찬가지 아닐까? 잘 알려진 우리나라 기본 테크트리 있잖아. 남성과 똑같이 배우고 일하며 멀쩡하게 살다가, 결혼하면 갑자기 이어지는 뻔한 경로. 임신이 출산 휴가와 육아 휴직으로 이어지고, 애 키우느라 자연스럽게 경력은 단절되지. 가족과 사회에 필요한 아이를 기르는 귀한 역할이 마치 원래부터 여성의 의무로 정해진 양, 한쪽의 짐이 되어 삶 전체를 찍어 누르 잖아. 편향된 육아 환경에서 자란 아이는 그게 맞는 줄 알고 커서 같은 상황을 반복하니 세상은 변할 틈이 없고.

면접 볼 때 임신 계획 있냐고 공공연하게 묻는다잖아. 애 낳고 안 돌아오는 동안 자리만 차지하는 걸 회사는 부담스러워하니까. 대부분 퇴사로 이어져서 힘들게 공백을 메꿔야 하고. 저출산으로 사회가 늙어간다며 자녀를 권장하지만, 기르는 건 온전히 엄마에게 미뤄두는 건 여전해. 육아의 부담을 여성에게만 지우는 치우친 사회에서 살기란 끔찍해. 군대냐 임신이냐 맨날 싸우지만 정확한 기간에 다녀오면 인정까지 해주는 군대를 택하고 싶어. 임신은 그걸로 끝이 아니고 시작이거든. 무보수로 대우도 못 받는 자발적이지 못한 긴 세월과 싸울 자신이 없다.”

“결혼해서 아이를 낳고 기르는 데까지 가지 않아도 충분히 불리한 게 지금의 여성이야. 오랜 구조적 성차별 때문에 곪아온 문제이면서, 동시에 그만큼 주목받아 나아진 부분도 분명히 있지. 오히려 이 정도면 배려를 너무 많이 해줘서 남자보다 살기 편한 거라고 말하는 남성도 있을 정도니까. 하지만 직접 선택해서 살아보라고 하면 그렇게 말 못 할 거야. 내가 그랬거든. 이번에 고민하고 알아보기 전까진 여성이 뭘 얼마나 부당한 대우를 받는다고 여기저기서 제도적 장치를 걸어 놓는 건지 못마땅했거든. 채용이나 승진에서 일정 수준의 여성 비율을 채워야 하잖아. 양성평등을 바란다면 그런 꼼수에 기대지 말고 정정당당하게 경쟁해야 한다고 믿었거든.

근데 막상 고르려고 보니까 쉽게 못 하겠더라. 유리천장이라고 들어봤지? 여전히 견고하게 짜인 한계가 존재했어. 아무리 애써도 단지 여성이라는 이유로 기득권층인 남성과 똑같이 평가받기는 어려워 보였어. 현실을 꼬집던 어느 책 내용이 확 떠올랐지. '한 성이 다른 성에 권력을 휘두르고 있는 한, 양성 간에 실제로 어떤 차이가 존재하는지 규명할 수 없다.' 남성이 중심이 되어 굴러가는 세상에선 명확하고 선명한 차별을 드러내기 어려운 거지. 오죽하면 보이지 않는 투명한 재질로 표현했겠냐고. 만져지지만 모두 안 보이는 척하고 있는 슬픈 현실이야. 능력을 있는 그대로 인정받지 못하는 삶은 상상조차 하기 싫어."

"남자는 뭐 다 좋은 줄 알아? 군대 다녀오는 건 신체적인 특징이니까 일단 제쳐두자고. 건강한 남성성을 핑계로 하나같이 잠재적인 성범죄자로 몰아가는 건 불공평해. 물론 나쁜 의도로 체력적 우위를 이용해서 못된 짓을 하는 건 천벌을 받아 마땅하지. 하지만 아무것도 안 하고 쳐다만 봐도 이상한 놈 취급하고 변태로 몰아가는 건 심한 거 아니냐고. 눈을 감고 다닐 수도 없고 말이야. 예쁘고 매력적인 이성이 지나가면 눈길이 돌아가는 게 당연한 게 아냐? 목욕탕 담을 넘어서 훔쳐보는 것도 아닌데. 반대로 잘 생기고 멋진 남자 지나가면 여성들은 안 보냐고.

잣대를 똑같이 들이대지 않는 게 마음에 안 들어. 한쪽이 친절을 베풀면 이상한 의도로 하는 거고, 반대는 아무렇지 않다는 게 더 이상한 거 아냐? 오죽하면 위급상황에도 신체 접촉하면 나중에 오해받고 욕먹고 처벌받을까 봐 사람이 죽어가도 이러지도 저러지도 못하는 상황까지 갔겠냐고. 연애 폭력이든 가정 폭력이든 벌어지면 아무 의심도 없이 다 남자가 범인이야. 따질 필요도 없이 모두가 그렇다고 인정하는 거지. 남자가 그러지 않았으면 누가 그랬겠냐는 식이거든. 어느 면에서는 분명히 남자도 불이익을 받고 있다는 걸 알아줬으면 해."

"이 정도면 어떤 자리에 있어도 불행한 거 아니니? 어쩌면 각각의 불합리가 점점 날이 세워져서 더욱 양쪽을 벌려놓는 게 아닐까 싶어. 차별이니 혐오니 무서운 말이 익숙해져 버렸잖아. 편 가르는 용어도 하루가 멀다고 생겨나고. 이쯤 되면 다른 건지 틀린 건지 헷갈려. 반대를 이해하려고 노력을 하는 것 같다가도, 결국 이겨 먹으려고 깎아내린단 말이지. 서로 평등해지기 위해서가 아니라 조금이라도 상대쪽에 불리하면 안 되는 전쟁처럼. 이쪽이 저쪽을 완전히 지배해야만 끝나는 양상을 보이지.

완벽한 대치 구조 안에선 화합을 위한 움직임도 환영받지 못해. 반대쪽을 향해 따뜻한 이해의 손길을 뻗으면 같은 쪽에선 바로 선을 넘는다고 이름표를 붙이잖아. 남자가 여자를 동조하면 페미니스트라고 낙인찍고, 반대로 여자가 남자를 배려하면 가부장적 사고방

냉소자의 달콤한 상상

식에 갇혀 있다고 쏘아붙이지. 오해가 있으면 자주 보고 이야기해서 풀어야 하는데, 으르렁 대지 않으면 문제가 있는 것처럼 대립각을 세우는 게 버릇이 되었어. 도무지 어쩌자는 건지 모르겠어. 사랑은 없고 증오만 남은 관계, 치받고 싸워서 완벽한 승리를 한쪽이 쟁취해야 만족하는 상황. 이게 지금 우리가 처해 있는 현실이야. 누구도 그걸 바라지 않을 텐데."

"말이 나와서 말인데. 이런 어려운 선택을 큰 복지랍시고 국민에게 떠넘기는 나라가 많이 별로야. 어느 성으로 살아가도 문제없이 존중받고 행복할 수 있다면 선심을 썼겠냐고. 이상적인 사회가 당장은 어려운 거 알지. 그래도 중재하고 조율하며 맞춰가는 시도를 계속해나가야지. 에라 모르겠으니 너희들이 고르게 해줄게라는 식으로 책임을 던져버리면 안 되지. 당연히 바꿔야 하는 사회적 불만을 제기하면, 네가 고른 거니까 감당하라고 하기 위한 회피밖에 더 되겠냐고.

어느 높으신 분 머리에서 나왔는지 모르지만 참 속내가 구려. 일하라고 돈 주고 힘줬더니, 고작 생각해낸 게 자유를 빙자한 이딴 밀어내기라니. 애초에 양성의 특징을 살리면서 긍정적인 상호작용에 의해 하나로 굴러가는 나라를 만들 생각도 용기도 없는 거지. 그러고 할 일 다 했다고 발 뻗고 잘 자고 있겠지. 아이고, 시원하게 욕을 했더니 입이 더러워지는 기분이네. 이게 오직 이 나라의 문제니 아니면 전 세계의 문제니? 양성평등이 준수하다는 선진국에 살면 좀 나으려나 해서 말이야. 살아갈 성별을 고르는 것보다 이민 갈 나라를 고르는 게 맞는 길 같기도 하고."

"아오, 너랑 이야기해서 더 복잡해졌다. 대충 각을 잡아가고 있었
는데. 이럴 바엔 그냥 주사위 굴려서 결정하면 좋겠다. 우리가 처음
태어날 때처럼 말이야. 어차피 모두 불행하다면 내가 선택하는 건 피
하고 싶네. 살면서 얼마나 괴롭겠어. 그때 잘못 정해서 내가 이 꼴이
구나 싶으면서 땅을 치겠지. 확실히 예정된 후회가 끔찍하다."

"진지한 타이밍에 미안한데 딴소리 좀 해도 되겠니? 있잖아. 우
리가 말이야. 만약에 다른 성별로 만나면 어떤 사이가 되는 걸까? 혹
시 우리…?"

"야, 더러운 상상 하지도 마라. 방금 토할 뻔. 그게 싫어서라도 너
따라가든지 해야겠다. 정하면 꼭 알려줘라. 온갖 불편함을 꾹 참고
서라도 동성 친구로 평생 살아갈 테니. 그 이상한 표정 당장 집어치
워 줄래!"

냉소자의 달콤한 상상

경력 단절 남성 주부 모임

아침부터 전쟁이다. 혼자서 챙겨야 할 게 한두 가지가 아니다. 허구한 날 물어보는 그들의 옷 위치 파악, 필요한 준비물과 가방, 영양을 위한 맛난 식사까지. 얼핏 들으면 어린아이를 키우는 집 같지만, 얘들은 다 큰 사람이다. 혼자서 회사 가고 학교 가는 친구들. 근데도 일단 아침마다 스스로 일어나질 못한다. 지각이 임박할 때까지 침대에 빠져 있다가 내 목소리가 특정 데시벨을 넘으면 그제야 기어 나온다.

피곤하겠다고 걱정하는 것도 하루 이틀이지 이 정도면 버릇이다. 매일 술 먹느라 늦게 오고, 게임 하다 새벽에 자니까. 열 내면 나만 손해니 우선 챙겨서 내보내야겠다. 양치질은 했어? 내가 무슨 어린이집 선생님도 아니고 이런 것까지 확인해야 합니까. 자, 세수하고 로션 바르고 집 밖으로 나가세요!

폭풍이 지나간 집안은 고요하다. 소리는 사라졌지만 풍경은 지저분하다. 벗어젖힌 잠옷 가지, 그새 쌓인 아침 설거지, 어제도 청소기 돌리고 물걸레질했건만 아침 햇살에 벌써 비치는 뿌연 먼지. 십 년이 넘어도 익숙해지지 않는 장면의 전환. 가족과 있으면 그들 신경 쓰느라 힘들고, 사라지면 할 일이 넘쳐서 지치고. 이러는 걸 아는지 모르는지 바깥사람과 아이가 내게 보내는 시선, '집에서 온종일 뭐 해?'

한번은 괘씸해서 줄줄이 일과를 읊어주었더니 겨우 하는 말이 "아무 데도 안 나가고 편히 있어서 부럽다." 해도 해도 끝이 없고, 티는 하나도 안 나는 집안일에 갇혀 지내는 심정은 나만 안다. 맨날 뉴스에서 가사와 육아의 가치가 얼마니 떠들면 뭐 하나. 실제로 나라에서 내 손에 쥐여주든지. 아니, 그 돈 안 받아도 되니까 그 돈 주면 사람 사서 들여놓고 난 나가고 싶다. 나도 밖에서 일 잘할 능력이 충분하다고. 아, 오늘은 도저히 못 견디겠다. 말 통하는 우리 아빠들 보러 가야지. 여보세요? 누구 아빠, 아침에 바빠? 우리 매번 보던 거기서 만나. 옆집 아빠도 불러오고.

"어서 와, 아침 숙제 다들 잘 끝냈고? 그렇지, 우리 덕분에 겨우 제시간에 출근시키고, 학교 보내는 거지. 오늘따라 집에 처박혀 있는 내 신세가 가만 보니 참 처량하더라고. 어쩌다 이렇게 무가치한 존재가 돼버렸나 싶고. 밖에서 일할 땐 나도 잘나갔었는데 말이야. 그때보다 더 바쁘게 지내는데 아무도 인정해주질 않아. 꼭 필요하고 누군가 해야 하는 건 알지. 근데 그게 꼭 내가 해야 하는 걸까 싶어. 나도 돈 받고 제대로 내 가치를 존중받는 일 하고 싶다고."

"우린 모이면 매번 답 없는 이야기로 시작하는구면. 지겹다고 뭐라 하는 게 아니라, 나도 답답해서 그래. 꽉 막힌 고구마가 여기 걸려서 내려가질 않아. 그냥 목구멍에 달고 산다고. 옛날에 유행했던 그 이야기 생각나? 심리학자랑 아내랑 대화하는 거.

아내에게 너는 무슨 일하고 지내며, 네 남편은 무슨 일하냐고 묻는 거 있잖아. 아내는 자기만 은행에서 회계사로 일한다고 하고, 남편은 주부라서 일 안 한다고 뻔뻔하게 대답하지. 심리학자가 아침부터 밤까지 꼬치꼬치 남편의 일과를 물어보니, 눈 뜨자마자 온종일 애랑 아내 챙기고 집안일하는 고생길을 낱낱이 잘도 말해. 그러면서도 '내 남편은 일을 하지 않아요.'라고 하잖아. 갑자기 떠오르면서 뒷목이 팍 당기네."

"이 아빠는 적절한 스토리 잘 가져오더라. 그게 옛날이야기면 참 좋겠는데 지금도 똑같지 뭐. 누군가 우리한테 '어떤 일 하세요?'라고 물으면 뭐라고 하겠어. 24시간 365일 휴일 밤낮없이 애랑 아내 보고 요리, 청소, 빨래 온갖 일을 하지만, 월급이 없으니 직업은 없다고 해야겠지. 주부의 정성은 공짜라 값이 없잖아. 말로는 정말 중요한 일이라고 하지만, 언제나 값없는 희생으로 쉽게 넘겨버리지. 누가 공짜에 고마워하겠냐고. 당연하다 여기고 휙 지나가지. 그저 우리에게 주어지는 건 떨치지 못하는 책임과 의무뿐이야. 그리고 항상 돌아오는

'집에서 뭐 하고 놀아?'라는 지겨운 눈초리."

"누군 돈 받으면서 일할 줄 모르냐고. 우리 다 집안에 눌러앉기 전에 얼마나 멋졌어. 한창일 때 애 나오면서 키우느라 정해진 경력 단절 코스 밟게 된 것뿐이잖아. 엄마는 애 낳고 바로 복직하고, 우리만 출산 휴가에 육아 휴직에 끌 수 있을 때까지 질질 끌다가 결국 퇴사했지. 제도는 양쪽 다 똑같이 있는데 누군 당연히 써야 하고 누군 안 쓰고 말이야.

우릴 부르는 말 '경단남'이라고 있잖아, 들을 때마다 화가 난다니까. 다시는 어떤 일로도 이어질 수 없다는 뜻으로 '넌 이제 끝났어!'라고 외치는 것 같아서 너무 싫어. 직장에 남은 여성들이 자기끼리 다 해 먹으려는 심산으로 우릴 못 돌아오게 하려고 만든 말이 분명해. 육아는 존귀하고 고결한 아빠의 천직이라고 포장하면서 말이야."

"어쩌겠어. 부성애를 강요하는 건 하루 이틀 일이 아닌데. 여기 다들 남중, 남고, 남대 나왔지? 한창 말랑말랑할 때 삐뚤어진 주입식 교육을 들이붓듯 받았으니 딴생각할 틈이 있었나. 남자라면 당연히 자식과 집안을 수호해야 한다는 사상을 십 년 넘게 듣고 자랐으니 그런 줄로만 알았지. 별 저항 없이 살다가 뒤늦게 이건 아니다 싶었지만, 늦어도 너무 늦은걸. 이미 세상은 정해진 듯 기울어져 있더라고.

이야기 나온 김에 하는 말인데, 도대체 왜 우리끼리도 이름을 안 부르는 거야? 맨날 누구 아빠 누구 아빠. 애 없으면 우린 존재하지 않

냉소자의 달콤한 상상

는 거냐고. 엄마들은 밖에서 자기 이름으로 평생을 사는데, 우린 결혼과 육아와 동시에 이름을 잃어가고. 세뇌 교육이 이렇게 무섭네. 보고 듣고 자란 게 이거라 벗어나질 못해."

"뜬금없지만 다들 부부관계는 어때? 사실 난 요즘 시위 중이거든. 언젠가부터 서로 원해서 나누는 사랑이 아니라는 생각이 들었어. 섹스리스네 각방 쓰기네 이혼 초기 증상이니 그런 거 아니니 좀 들어봐. 부부가 어느 상황 속에서 주로 밤에 만나지? 바깥사람이 퇴근하고 나서 막 하고 싶은 기운 펄펄 풍길 때잖아. 스트레스를 받았든 좋은 일이 있든 술을 마셨든 간에, 본인이 당길 때 막 들이댄다고.
　한쪽의 달아오름으로 시작되는 게 자연스러울 수 있지만 이게 반복되면 좀 지쳐. 나도 입장이라는 게 있는 건데, 매번 무조건 맞출 순 없잖아. 어느 날은 몸이 힘들 수도 있고, 다른 날은 마음이 지쳤을 수도 있는 거고. 정 안 되겠다 싶어서 거부하고 미루면 아주 대역죄인 취급이야. 이해를 전혀 못 한다니까. 편하게 집에서 지내는 사람이 밖에서 힘들게 일하다 온 사람을 따뜻하게 못 받아주냐며 삐져버리지. 아내는 삐쳐 잠들지만, 난 인간으로 존중받지 못한 상처를 안고 밤을 지새."
　"완전히 이해해. 갑자기 쓱 와서 잘해주면 백이면 백이거든. 전희도 없이 들입다 다이렉트로 목적만 이루고 나면 상황 반전. 필요한 거 얻고 나니 언제 동동거렸냐는 듯 유유히 사라져. 그럴 수 있지, 우리 남자도 원할 때가 있으니까. 근데 매번 이런 식이라서 불쾌한 거야. 나도 그날 해야 할 일이 남았을 수도 있고, 다음날 중요한 일정이 있을 수도 있는데 말이 안 통해. 이게 다 집사람이라면 퇴근 시간 맞춰서 야한 속옷 입은 채 촛불 켜고 분위기 잡으며 기다리는 억지 환상 때문이라고.

한쪽이 일방적으로 맞춰야 하는 게 어딨어. 항상 대기하고 있는 자동판매기도 아닌데. 얼굴 보고 살 사람이니 어느 정도 장단을 맞춰 주긴 하지만, 가끔 원치 않는 노동으로 다가올 때가 있어. 할 일 많고 체력도 부족해 죽겠는데, 자기 급하다고 와서는 힘 쏙 빼버리고. 이것도 다 우린 집에서 마냥 편하게 놀고 있다는 생각이 가득 차서 그런 거야. 거기다 대고 사랑하네 안 하니를 갖다 붙이면 화가 난다고. 내가 아내를 사랑하지 않아서 하고 싶지 않은 게 아니잖아. 알지? 다들 내 맘."

"왜 모르겠어, 그 맘. 나도 어젯밤에 옆에서 쿡쿡 찔러대길래 코 골며 자는 척하느라 혼났거든. 다들 솔직한 분위기니, 나도 하나 털어놓을게. 가끔 애 없는 부부가 부러워. 사실 따지고 보면 우리가 집에 묶여 있는 게 아이 돌보느라 그런 거잖아. 한쪽이 도맡게 되는데 어찌 된 일인지 그게 당연히 우리가 된 거고. 아이를 키우는 데 한 마을, 온 사회가 필요하다고 말만 떠들지, 결국 아빠 보고 알아서 하라는 걸 이젠 다 알잖아?

그래서 아예 아이 낳지 않고 사는 커플이 많아졌다네. 서로의 동등한 자유와 행복을 위해서. 함께 육아할 수 없는 치우친 분위기 속에서 모두 힘들어하느니, 아쉽지만 포기하고 둘의 삶에 집중하는 거지. 고귀한 사회적 책임을 미루고 회피한다면서 손가락질하는 사람도 있긴 해. 근데 우스운 게 뭐라 하는 건 대부분 나가서 일만 하는 엄마들이야. 직접 고통을 겪어본 아빠들은 이해하니까 고개를 힘없이 끄덕일 뿐이야. 반절의 부러움을 담아서."

"에이, 더 서글퍼지네. 아빠들이 더 이상 애 안 보고 집안일 안 하겠다고 단체 시위를 하면 뭐가 좀 달라지려나? 힘들고 어려운 일 군말 없이 하고 있으니 당하고만 있는 거 아니냐고. 호의가 계속되니 권리라 착각하잖아. 부탁하며 고마워하는 식도 아니고 원래 그래야 하는 것처럼 말이야. 누가 이렇게 정해 놓은 건지 얼굴 좀 보고 싶네. 실수한 거라면 다시 바로 잡든지, 뽑기를 하든지, 해마다 역할을 바꾸든지 방법을 찾아내라고 닦달이라도 하게."

"워워. 진정해. 우리끼리 열 내봤자 손해야. 기력 아끼라고. 벌써 애들 돌아올 시간이네. 갑시다. 그놈의 가정을 지키러. 우릴 지켜줄 사람은 우리뿐이니 스스로 버텨내야지. 언제일지 모를 막연한 희망이지만, 애 다 키우고 나면 좀 나아질 거라 믿어 보자고. 그리고 다음엔 다른 이야기 좀 합시다. 바뀌는 것도 없는 지겨운 레퍼토리, 말하기도 듣기도 점점 힘드네."

동지들 만나서 신나게 털어놓아도 해결되는 건 없으니 답답함은 여전하다. 터무니없지만 요즘 이런 꿈을 꾼다. 지금 이 상황이 그저 일시적인 쇼가 아닐까. 언젠가 깨어져서 그동안 욕보느라 수고했다며 정상으로 다시 돌아가는. 한쪽으로 기울지 않는 평등한 사회로. 아무리 생각해도 현재의 억울함은 너무 하니까. 같은 인간으로서 누리는 게 이렇게나 다를 수 있는 건지. 이러고도 공정과 정의가 있다고 말할 수 있는 건지.

아내가 퇴근하면 진지하게 이야기를 해봐야겠다. 이런 식으로는 더 이상 살지 못하겠다고. 나도 돈 버는 일을 하고, 아이와 집안을 너와 같이 돌보며 동등하게 살고 싶다고. 그동안 제대로 꺼낸 적이 없으니 많이 놀랄지도 모르겠군. 만약 사랑하는 사람조차 이해해줄 수 없다면, 할 수 없지. 헤어질 결심을 하는 수밖에. 막막하게 정해진 남은 삶을 거짓 사랑 속에서 살아갈 필요는 없으니. 아내가 날 진짜로 사랑한다면 달라질 수 있을 거라 믿어.

냉소자의 달콤한 상상

그러니까 대학이나 다니지!

"도대체 왜 대학을 다녔죠?"

머릿속이 하얘진다. 취업하면서 대학 때문에 발목이 잡힐 줄이야. 그동안 주변에서 물으면 대강 뭉갤 수 있었다. 그냥 심각한 목표 없이 갔다고. 앞으로의 인생을 위해 생각할 시간이 필요했다고. 차마 남들이 거친 사회로 나갈 때 자신이 부족해서 일단 피했다며 없어 보이게 답할 순 없었다. 가족과 지인에게도 창피해서 못 한 말을 회사 들어가기 위한 자리에서 털어놓을 순 없는 노릇이다. 눈을 매섭게 뜨고 나만 바라보는 면접관들을 외면하기 위해 천장으로 시선을 돌리니 같은 질문을 받았던 몇 년 전 그때가 떠오른다.

"도대체 왜 대학에 가려는 거죠?"

예상을 전혀 못 했다. 다른 곳은 몰라도 정작 대학교에 들어가는 면접 자리에서 이 질문을 받을 줄은. 그 옛날 정규 교육 과정처럼 너도나도 대학에 가던 시절에는 존재하지 않았을 물음일 테다. 대학교만 가면 애인도 생기고 술도 마시고 땡땡이도 치고 마음껏 즐길 수 있었다는 전설과도 같은 이야기. 4년으로 놀고먹는 게 짧으면 휴학을 통해 얼마든지 늘려서 사회에 나가는 걸 늦출 수 있었던 달콤했던 시절. 삶에서 가장 행복한 신분은 따질 필요 없이 단연 대학생이었다. 졸업하고도 아쉬움이 남으면 대학원에서 석사, 박사라는 타이틀을 방패 삼아 대학 생활을 연장했다. 안전한 테두리 안에서 더 오래 버티는 건 모두에게 부러운 일이었다.

놀고먹는 대학생이라는 이미지는 경쟁이 가속화되면서 점점 약해졌다. 졸업 후 직장을 구하는 게 궁극적인 목표이다 보니 여유 시간을 초 단위까지 활용하는 자가 생기면서. 하나씩 온갖 스펙을 쌓기 시작했다. 학점, 공모전, 봉사활동, 영어점수, 해외연수, 자격증, 인턴십, 대외활동, 아르바이트 등등. 취업 사관학교처럼 변해가는 모습을 보며 다들 이게 맞는지 갸우뚱거리기 시작했다.

갖추려고 애쓰는 것이 꼭 필요한지 의문을 제기했다. 어차피 실제 다뤄야 할 세상의 진짜 일과는 별 상관이 없었다. 일부 연관이 있다고 해도 실전으로 경험을 쌓는 것과는 비교가 되지 않았다. 그럴 바엔 대학을 건너뛰고 바로 사회로 나가는 게 낫다는 예리한 지적이 쏟아졌다. 그동안 당연했던 대학 졸업장의 존재 가치에 대한 물음이 가득 던져졌다. 고학력이 가져다주는 사회적 장점이 무엇인지 따져 보게 되었다. 결국 대학은 원래의 목적으로 돌아갔다.

더욱 깊고 넓은 공부에 뜻이 있는 자를 위해서만 남게 되었다. 학력과 학벌을 인생의 무기로 삼으려 몰려들던 습관적 입학은 불가능해졌다. 대학생의 수를 최소화했고 여러 과정을 통해 검증하여 걸맞은 사람을 어렵게 통과시켰다. 들어온 뒤에도 학문에 대한 열정과 의지를 보이지 못하면 졸업할 수 없었다. 입학률도 낮았지만, 졸업률은 그보다 더 낮았다.

사회에 천천히 나가기 위해 또는 이력서를 한 줄이라도 더 늘리려는 목적으로는 머물 수 없었다. 오로지 세상의 발전을 위한다는 순수한 목적을 가진 자만 들어가는 분위기로 바뀌었다. 그런 상황의 정점에서 나는 대학 문을 두드렸고, 날카롭게 갈려 있던 왜 들어오고 싶냐는 핵심 질문을 받아 든 셈이었다.

당장 치열하게 살고 싶지 않았다. 스스로 유예할 수 있는 기간이 필요했다. 딱히 배움에 뜻이 있진 않았지만, 그렇다고 일에서 자아실현을 할 마음도 없었다. 쭉 뻗어나가야 할 다음 단계에 오를 준비가 되지 않았다. 복잡하고 불안정한 속마음을 깊숙이 숨기고 미리 준비한 그럴싸한 답변을 감정 없이 내뱉었다.

모른척한 건지 개중에 나았던 건지, 운 좋게도 이젠 아무나 가지 않는 그곳에 입성할 수 있었다. 원했던 시간은 가질 수 있었지만 별로 좋지만은 않았다. 무엇보다도 옛 친구를 만날 수 없었다. 나 빼고 모두 사회에 진출했는데 어쩐지 부끄러웠다. 당당히 맞서지 못하고 도망 다닌다는 시선이 괴로웠다. 오래전엔 대학을 위해 재수, 삼수할 때 이미 대학생이 된 친구를 피했다던데 내 꼴이 그랬다. 순수하게 공부하고 싶다는 의지를 대학 면접에서처럼 천연덕스럽게 내보일 수도 있었지만, 뻔히 나를 아는 그들에게 보이는 거짓말을 하기 싫었다. 알면서 모른 척 끄덕여주는 동정을 받는 건 끔찍했으니까.

마음에도 없는 순수 학문에 시간을 쏟으니 자연스레 집중하지 못하고 엄한 곳만 바라봤다. 정해진 기간이 끝나면 또다시 피할 곳은 없었다. 이곳 생활은 잔인하게도 재미가 없어서 대학원 생각은 꿈에서도 사라졌다. 그뿐만 아니라 주변에서 던지는 무능력자, 겁쟁이와 같은 무시를 더 견딜 자신이 없었다. 말하지 않아도 왜 대학에 갔는지 그들은 모두 알고 있었다. 내가 인류를 위한 고민을 파고드는 데 전혀 뜻이 없다는 걸.

어차피 다가올 치열한 시간이 째깍째깍 엄습하는 걸 바라보는 건 유쾌하지 않았다. 차가운 바깥에서 부딪히며 홀로 선 친구들이 부러워졌다. 매도 먼저 맞는 게 나은 이유가 있었다. 꼼수를 부려 줄의 맨 뒤로 돌아가는 건 좋은 수가 아니었다. 더 이상 숨는 걸 그만두고 취업 인터뷰에 얼굴을 들이민 건 그런 까닭에서였다. 그리곤 평생의 꼬리표, '대학'을 향한 질문에 턱 하고 막힌 것이다.

"도대체 왜 대학을 다녔죠?"

도망을 멈추기 위해 앉은자리에서 도망쳤던 이유를 설명해야 한다. 멍한 회상이 길었는지 아니면 면접관의 성격이 급했는지 이어지는 질문이 쇄도한다. "결국 사회에 나올 거였다면 그 시간이 오히려 아까운 게 아닌가요? 그곳에서 일하는 데 도움이 될 만한 걸 배웠나요? 남보다 늦은 당신을 우리가 뽑아야 하는 이유가 있나요?" 정신을 차릴 수 없게 휘몰아친다. 분명한 예상 질문이었기에 단단히 준비했지만, 거울 속의 내가 아닌 진심으로 묻는 상대에겐 당황하지 않을 수 없다.

지금과 반대로 모두가 대학을 졸업할 땐 고졸자나 중퇴자에게 그랬을 테지. "왜 남들 다 가는 대학교를 안 갔죠? 고등학교까지 배운 걸로는 부족하지 않을까요? 대학교도 못 마친 사람이 직장에서 버틸 수 있을까요?" 상황은 변했고 대학이란 죄를 지은 내가 면죄부를 받기 위해 모든 수단을 동원해야 한다.

손짓, 발짓을 보태어 그곳에 향했던 순수한 마음을 전한다. 몇 안 되게 챙겨 온 배움을 사회에 끼워서 맞출 수 있다고 힘겹게 설득한다. 말하는 나보다 듣고 있는 그들이 더 어려워 보이는 아이러니가 펼쳐진다. 말이 꼬이고 땀이 흐르고 몸이 떨린다.

급기야 이곳에서조차 도망치고 싶다는 생각에 도달한다. 언제나 그래 온 것처럼. 상황이 닥치면 부대끼길 거부해 왔다. 결정할 용기가 부족했고 마주할 진실은 겁이 났다. 피하길 거듭했다. 할 수 있을 때까지 계속. 대학은 최후의 보루로 삼았던 도피처였다. 그 사실을 여기선 밝힐 수 없다. 거짓말을 하기 싫어서가 아니다. 그 뒤에 이어질 당연한 질문에 답을 할 수 없기 때문이다.

처음부터 끝까지 듣고만 있던 맨 오른쪽 끝의 면접관이 입을 연다. 인터뷰 처음부터 자랑스러운 고졸이라 밝히면서 나를 삐딱하게 보던 사람. 시퍼렇게 벌어진 그의 입에서 하지 말길 바라던 마지막 궁금증이 튀어나오고 만다.

"직장 다니다 힘들면 전처럼 도망갈 건가요?"

그는 모두 파악했다. 무어라 꾸며대고 변명해도 도망으로 점철된 내 삶을 꿰뚫어 보고 있다. 나 스스로 던지던 제일 어려운 질문을 칼같이 찾아내 들이댔다. 듣고 싶은 답은 정해져 있다. 다시는 도망자의 신분으로 돌아가지 않을 거라고 외쳐야 한다.

확신하지 못하는 난 주춤거린다. 진실이 아니더라도 순간을 모면하기 위해 한 번 더 꾸며대야 할까. 거짓을 두를 용기가 없기에 또다

냉소자의 달콤한 상상

시 뒷걸음질로 그 자리를 피해 도망치듯 뛰쳐나온다. 이번엔 어디로 가야 하는지도 모른 채.

일해서 돈 벌면 바보

자, 이제 불 끄고 자야지. 잠이 안 와서 재밌는 이야기 해달라고? 음… 아는 전래동화는 다 떨어졌는데. 아, 그럼 요즘 할아버지가 자주 떠올리는 옛날이야기를 해줄게. 지어낸 게 아니고 진짜 있었던 일이야. 나쁜 사람 벌 받고, 착한 사람 상 받는 그런 뻔한 스토리는 아니야. 실제로 그땐 저랬는데 나중엔 예상 밖으로 놀랍게 흘러가지. 원래 실화가 더 재밌잖아. 잠자기 전에 어울릴지는 모르겠네. 한 번 들어보고, 듣다가 재미없으면 말해주렴.

저 옛날 옛적엔 다 똑같이 일했어. 지금처럼 누군 힘들게 일하고, 누군 편안히 일하는 분위기가 아니었지. 함께 땀 흘리고 얻은 결과를 나눠 가졌어. 일은 고되었지만 사는 데 꼭 필요했기에 같이 수고하는 동료를 의지하며 해나갔지. 하루 일을 마치면 서로 격려하고 다독이며 성취와 보람을 느꼈어.

동등한 자리에서 온전히 바라보며 공평하게 노동하는 게 자연스러웠어. 누군 하고 누군 안 하는 생각을 하지 못했지. 각자의 사정에 따라 그때그때 차이는 있을 수 있었지만, 모두가 몸을 움직여 일해야 하는 게 당연했어. 믿을 수가 없다고? 정말이래도. 밥을 먹고 화장실을 가는 것처럼 너무도 일상적인 모습이었지.

어느 날, 늘 남보다 더 열심히 하는 자가 의견을 냈어. 일한 만큼 챙겨가면 좋겠다고. 고민이 잠시 모두의 머리를 스쳤지만, 곧 인정하고 그러자 했지. 지금이야 그동안 군말이 없던 게 더 이상할 정도지만. 그때부터 좀 치열해졌어. 확연하게 성과가 차이를 보였으니까. 많이 일하면 많이 가져갈 수 있다는 규칙은 경쟁을 유발했지. 불만은 없었던 것으로 기억해. 덜 쉬고 덜 자고 일한 자가 누릴 권리라고 인정했으니까. 공정하다고 여겼어. 눈에 보이고 손에 잡히는 수확물로 곳간을 채워가던 시절까지는.

문제는 돈의 등장이었어. 그래, 요즘 우리가 모시고 사는 그 돈 말이야. 노동의 가치를 언젠가부터 간편하게 돈으로 매겨서 거래하기 시작했지. 돈이 그때 처음 생긴 거냐고? 맞아, 돈이 지금 우리를 지배하느라 원래부터 존재했던 것 같지만, 나타난 건 얼마 안 되었거든. 뭐, 이렇게나 빨리 세상을 정복했으니 타고난 재주는 인정해야겠지.

아무튼, 수단으로써 돈은 아주 편리했어. 자리도 덜 차지하고, 주고받기도 간편하고. 돈의 인기는 점점 하늘을 찔렀지. 안 좋아하는 사람이 없었으니까. 우리가 가지고 싶은 모든 걸 돈으로 살 수 있으니 말 다했지. 일은 서서히 귀찮고 성가신 존재가 되어갔어. 일보단 받는 돈에만 관심이 몰리면서, 정작 일이 돈을 버는 수단으로 전락했지. 처음의 고귀하게 흘린 땀으로 정당하게 대가를 가져간다는 인식이 흐려지고, 적게 일하고 많이 돈 버는 방법을 찾아 혈안이 되었어. 무슨 짓을 하든 많이 벌면 장땡이라는 분위기로 흘러갔지.

일한 만큼 벌어가는 시대는 돈에 의해 끝났어. 더 이상 일로 버는 돈은 가치가 없었지. 온종일 쉬지 않고 몸으로 일해도 벌 수 있는 돈은 한계가 있으니까. 궁하면 통하듯 영리한 사람들이 등장했어. 몸을 덜 쓰고도 돈을 버는 방법을 찾은 거야. 물론 모두가 성공하진 못했어. 여러 우연과 확률의 장난 속에 소위 대박을 터트리는 경우가 생겼지. 이를 옆에서 본 다른 자들은 하던 일을 내팽개치고 이거라며 달려들었지. 편하게 일하면서 돈까지 많이 벌 수 있는 걸 마다할 리 없었으니.

다양한 자의 시도가 성과를 이룰수록 순수한 노동의 가치는 빛을 잃어갔어. 일이 중심이었던 먹고사니즘 체계가 완전히 바뀌었어. 돈이 중앙을 장악하면서 일은 변두리로 밀려나며 희미해져 갔지. 다들 편하게 일 안 하고도 돈 벌 수 있으니 잘 된 거 아니냐고? 불행히도 그렇지 않았단다.

제아무리 세상이 발달해도 사람의 노동이 필요한 일은 여전히 존재해. 누군가는 몸을 써서 움직여야만 세상이 돌아가는 거지. 돈이 신격화되기 전까진 어떤 일이든 존중받았어. 오히려 직접 힘든 일을 하는 사람에게 고마워했지. 덕분에 다른 이가 편할 수 있었으니까. 대가도 두둑이 더 쳐주기까지 하면서 인정했어.

시선이 돈으로 쏠리면서 상황이 나빠졌지. 목표가 돈이 되고 나니 몸 쓰는 일이 멍청해 보이기 시작했어. 돈만 벌면 되는데 왜 고생해야 하는지 이해하지 못했지. 서로 어렵고 더러운 일을 피하면서 자연스럽게 무시했어. 몸을 쓰다 다치면 걱정하기보단 어리석은 자의 당연한 처지라고 여겼지. 한마디로 땀 흘리면 못난 사람 취급받았어. 얼마나 못났으면 저렇게까지 해야만 겨우 돈을 벌 수 있을까 하며 깎아내렸지. 결정적으로 근로자의 가치를 바닥으로 내리꽂은 건 임금의 끝없는 하락이었어. 오죽하면 최저시급이 등장했겠니. 최소한의 장치가 없었다면 결국엔 아무도 가치를 알아주지 않았을지도 몰라.

일의 격차가 벌어진 거야. 태초엔 어떤 일이든 필요한 일이기에 위아래로 나눠보지 않았어. 한만큼 주어지는 대가도 공정했고. 변해 버린 사회에서는 누구도 덜 받고 더 힘든 일을 원하지 않았어. 등수를 매기듯이 차례차례 나은 일과 못난 일로 나뉘었지. 계급처럼 조금이라도 위에 올라간 뒤 남에게 일을 시키고 자신은 편하게 지내는 걸 바라게 된 거야.

좋은 윗자리를 빼앗기면 남 밑에서 힘들게 일한다며 서로를 동료가 아닌 경쟁자, 희생자, 부릴 대상으로 바라보게 된 거지. 모두가 바라는 최고의 위치는 꼼짝하지 않고 남에게 돈 주며 일 시키고, 아래보다 더 많이 버는 자리야. 고생스럽게 일을 하는 건 똑똑하지 못하단 거지. 일하는 사람은 바보나 마찬가지라는 거야. '일하지 않는 자 먹지도 말라'던 격언이 '일하지 않고 먹는 게 최고'로 변했어.

할아버지는 매일 일을 하지 않냐고? 맞아. 내일도 일찍부터 나가야 해. 그렇지 않으면 우리가 먹고살 수 없으니까. 난 내 일이 좋아. 꼭 필요한 일이라고 믿고. 남들이 던지는 짠한 시선은 하루 종일 주워 담는 휴지처럼 이제 익숙해. 예전에 한 유명한 목사는 모든 노동이 존엄하다면서 청소 노동자를 의사만큼이나 존경해야 한다고 연설도 했었데. 쓰레기가 널려 있으면 질병이 창궐할 테니까. 요즘 같은 팬데믹 시대에 걸맞은 예언이었지. 비록 여전히 아무도 인정하진 않지만.
불가능한 변화는 포기한 지 오래야. 다만 열심히 일해도 가난해질 수밖에 없는 상황이 슬플 뿐이야. 남보다 못한 상대적인 빈곤이 아니라, 최소한의 인간다운 삶을 영위하는 데 필요한 게 부족한 상태가 서글프지. 나라고 우리 손주에게 멀쩡한 음식, 물건 사주고 싶지 않겠냐고. 요즘엔 차라리 돈이 나타나기 전이 그리워. 필요해서 만든 그놈의 돈이 세상의 전부가 되면서 달라졌거든. 뭐니 뭐니 해도 머니라는 농담이 현실이 되면서.
모든 것의 기준이 된 돈은 모든 것을 결정했지. 인격, 성공, 가치처럼 눈에 보이지 않고 각자의 판단에 맡기던 걸 꺼내어 숫자로 표현했어. 그거 알지? 요즘 신분증엔 버는 돈과 재산이 찍혀 있는 거. 처음 보는 사람의 이름은 관심 없어도 그건 기를 쓰고 알고 싶어 하거든. 무슨 일을 하는지보단 숫자의 크기가 중요하고.

거리의 청결을 유지하는 내 직업을 알릴 새도 없이, 코웃음 치며 돌아서는 사람은 너무 흔해. 관계의 시작도 돈으로 시작해서 돈으로 끝나는 분위기야. 친구, 연인, 심지어 가족도 수준이 비슷해야 어울린다네. 세상은 돈으로 돌고 있어. 이 사람이 어떤 생각으로 무슨 일을 하는지는 아무도 관심 없지. 이 정도면 그 옛날 사라진 왕처럼 우릴 지배하는 것 같은데 누구도 불만이 없어. 잡음 없이 만족하며 돈에 맞춰 살고, 돈을 위해 살아.

근데 안 졸려? 오늘따라 말똥말똥 끝까지 잘 듣네. 마무리는 늘 하는 '모두 오래오래 행복하게 살았습니다'로 하고 싶지만 여기선 그럴 수가 없네. 나야 이제 얼마 안 남았지만 우리 손주는 더 나은 삶, 가난하지 않은 삶을 살았으면 좋겠는데. 노동의 가치를 제대로 인정받으면서 말이야.

소문에 의하면 어딘가엔 예전처럼 일한 만큼 버는 세상이 있다고 들었어. 여기처럼 일 안 하고 돈 놓고 돈 먹기가 판을 치는 곳이 아니래. 우리야 뭐 안 하는 게 아니라, 먹고 죽을 돈도 없어서 그런 거지만. 요즘 안 보이는 옆집도 거기로 떠난 거라던데. 네 엄마랑 아빠가 일하다 다치기 전에 우리도 가볼 걸 그랬어.

바라는 건 일하지 않는 자유가 아니야. 내가 하는 일을 알아주는 따뜻함 속에서 즐겁게 일하는 거야. 내게 보내는 안타까운 눈초리를 더는 원하지 않아. 난 내 일에 자부심이 있거든. 인간으로서 가진 일하는 권리를 당당하게 누리며 사람답게 살고 싶어. 지금처럼 불행 속에 인간 이하의 삶은 좀 힘드네. 우는 거냐고? 아냐, 그런 거. 이제 불 끌게. 잘 자.

냉소자의 달콤한 상상

귀한 막노동과 천한 의사 사이에서

"○○○님의 직업은 〈의사〉입니다."

망했다. 다른 좋은 일이 그렇게나 많은데 의사라니. 앞으로 5년, 아니 준비 기간까지 수년은 더 '나 죽었다' 하고 살겠구나. 제발 '사' 자는 들어가지 않게 해달라고 몇 날 며칠을 빌었는데 결국 이렇게 돼버렸다. 사람 생명을 다루는 보람된 일인 건 알지만, 난 공사장에서 몸으로 부대끼는 스타일이다. 지금 하는 건축 현장 노동자가 적성에 딱 맞다. 땀 흘리면서 손으로 직접 만지며 이루어 가는 걸 지켜보는 게 어쩜 그렇게 재미있는지. 햇빛도 못 보는 진료실에 처박힐 생각을 하니 벌써 좀이 쑤신다. 처음엔 남보다 직업 추첨 운이 좋은 편이었는데, 금세 다 썼는지 제일 피하고 싶은 직업 1순위가 나와버렸다. 부모님께 말씀드리면 한숨 좀 쉬시겠는데.

'모든 노동은 신성하다'라는 기치를 내걸고, 엄연히 존재하던 직업의 귀천을 없애기 위해 사회가 애를 써왔다. 더울 때 더운 곳에서, 추울 때 추운 곳에서 일하면 밑바닥 신세라는, 암암리에 깔린 나쁜 인식을 걷어내기 위해 여러 시도를 해왔다. 단지 직업이 다르다는 이유로 누군가는 존중받고 누군가는 멸시받는 분위기는 분명히 잘못된 게 맞았다. 똑같이 각각의 자리에서 세상에 필요한 일을 한다는 가치에 집중했다.

가장 먼저 부딪힌 과제는 몸 쓰는 일에 대한 편견이었다. 머리와 펜을 굴리면 더 중요하고 고귀하다는 선입관이 세상을 지배하고 있었다. 행여나 몸을 움직여 땀이라도 조금 나면, 바로 얕잡아 보았고 존재 자체까지 폄하 당하기 일쑤였다. 말로는 평등하다면서 하는 일로 차별이 벌어지는 추악한 상황. 더 이상 인간적이지 못한 분열을 방치할 수 없는 세상은 뿌리부터 바꿔보기로 했다.

누구든 사회에 나서면 처음 5년은 의무적으로 육체노동 직업을 수행해야 한다. 대학교로 치면 전공필수과목 정도라고 해야 할까. 농부, 광부, 어부같이 교과서에서나 보면서 감사해하던 자리에 서 보기도 하고, 택배기사, 청소부, 경비원 같은 매일 마주치는 역할을 하기도 한다. 마치 처음에는 전 국민 직업 체험과 같이 온통 섞이는 모양새다. 어떠한 알력도 작용할 수 없는 공개된 추첨을 통해 정해지므로 깨끗하게 받아들여진다. 각각의 위치에 어떤 이유로 일하고 있는지 알기 때문에 무시하거나 막 대하는 일은 없다. 당연하게 누리던 노동을 몸소 행하면서 어려움과 필요성을 저절로 깨닫는다.

내 경우엔 앞서 말했듯이 건설 일꾼을 경험 중이다. 노가다네 막노동이니 하면서 배운 게 없고 할 게 없으면 하는 일이라고 알고 있었는데 사실과는 달랐다. 따져야 할 것도 많았고 숙련의 깊이에 따라 결과물이 달라졌다. 펜과 붓을 들고 있지만 않았을 뿐, 또 다른 학문과 예술이었다. 힘들고 어려운 일을 남에게 미뤄두고 고마운 줄 모르던 속 좁은 자의 철없는 헛소리에서 이제야 벗어났다.

물론 강제 할당식으로 직업을 분배한다고 순식간에 삐뚤어진 세상의 잣대가 변하진 않는다. 일을 하는 데 따라오는 대가가 그대로 벌어져 있다면 누구든 많이 받는 일을 원할 테니까. 보수가 일괄적으로 통일되어 맞춰졌다. 안에서 일하든 밖에서 일하든 똑같다. 따지고 보면 화이트칼라가 어깨에 힘이 들어갔던 건 한 푼이라도 더 벌어서였다.

시간당 수당이 같아지고, 자발적이지 않은 우연한 선택으로 주어지는 직업 결정 시대에는 그런 게 없다. 너나 나나 상황이 똑같다. 괜히 남보다 목이 뻣뻣해지고 가슴이 벌어지는 우월한 자세를 갖기 어렵다. 누가 더 잘나서 하는 일도 아닐뿐더러, 돈을 더 받는 것도 아니니 뽐내고 자시고 할 건수가 아예 사라졌다. 아무리 곁눈질을 해봐도 서로 무슨 일을 하는지 얼마를 버는지 궁금해하는 사람이 없다. 비교해도 의미가 없으니까.

구별에 따른 차별이 사라진

대신 5년마다 있는 직업 추첨 덕분에 운이 좋은 사람을 부러워한다. 인간은 어쨌든 같이 지내면 그 안에서 선호에 따라 계층을 나누는 본능을 가진 듯하다. 현실적인 부분을 맞춰 두었더니 이젠 잡히지 않는 공허한 확률에 집착한다. 육체노동군으로 제한되었던 첫 추첨을 마치면 다음번부터는 모두 열린 직업을 갖게 된다.

이렇게 바뀐 게 우리 윗세대부터인데 그때부터 그들의 경험에 의해 형성된 기피 직업군이 생겼다. 바로 '사' 자 직업. 세상 오래 살고 볼 일이다. 예전엔 집안에 '사' 자 하나 있어야 가문이 일어선다고 난리였는데. 이젠 다들 괴로워한다. 무엇보다도 사전 준비 기간이 길다. 일을 하기 전에 일정 수준의 점검을 통과하지 못하면 일을 시작할 수 없다. 말 그대로 실업자가 된다. 그러니 죽자 살자 공부해야 한다. 예전처럼 '사' 자가 되기만 하면 따라오던 온갖 부, 명예, 권력을 위해서가 아닌 생존의 수단으로. 대우가 똑같아진 '사' 자는 누구도 원하지 않는 괴로운 타이틀이 되었다.

일은 근본적으로 스트레스를 만들어낸다. 먹고살기 위해 하는 모든 일엔 고통이 따른다. 하지만 무슨 일을 하느냐에 따라 강도는 달라진다. 연구 결과에 따르면 결정을 내리고 책임을 지는 범위가 넓어질수록 직장 스트레스는 강해진다고 한다. 기업의 임원이 그럴듯해 보이지만 지병을 달고 사는 이유다. 이보다 더 심한 자리가 있는데 바로 나라의 높은 자리다. 국회의원, 대통령 같은 고위 공무원은 건강을 잃어버리기로 유명하다. '사' 자 직업과 마찬가지로 개인적인 영예와 실리가 없다 보니 매력이 사라졌다. 똑같이 일하는데 몸이 상한다면 누가 좋아할까. 어떤 의미로는 남보다 힘든 직업이 생겨버렸으니 다들 피하고 싶어 한다. 이 모든 게 운에 달렸으니 더욱 매달릴 법도 하다.

누군가는 기본 인권을 제한한다고 목소리를 높인다. 평생 일을 하고 살아가야 하는데, 그걸 스스로 결정하지 못하면 우리에겐 어떤 자유도 없는 거 아니냐고. 일리가 있는 말이다. 특히 이번처럼 원하지 않는 '의사'가 되어야 하는 상황이라면 당장이라도 팻말을 들고 거리로 나서고 싶다.

그렇다고 예전처럼 직접 고를 수 있는 권리를 찾게 된다면 정말 괜찮아질까. 겨우 잡아놓은 노동의 가치가 곧 여기저기서 뒤틀리겠지. 막아놓은 보루가 터져 극단적인 비대칭으로 돌아가서 인간의 존엄성이 하는 일로 평가받겠지. 그때 가선 의사가 되고 싶어도 못 돼서 지금을 떠올리며 한심해하고 억울해할지도 모른다.

가장 좋은 건, 교과서에서 배운 대로 누가 무슨 일을 해도 존중받고 인정받는 세상이지만, 인류의 역사에 그런 적이 한 번이라도 있었을까. 평등한 공존이 자연스럽게 되지 않는다면 지금처럼 억지로라도 맞춰둘 필요가 있는 게 아닐지. 어쩌다 우리는 편안한 어깨동무를 어려워하게 되었을까. 왜 남보다 한 뼘이라도 위에서 내려보는 시선을 애타게 바라는지.

이제 학교에선 '무엇'이 되기 위해 경쟁적으로 공부하는 분위기가 사라졌다고 한다. 과거의 수많은 교육개혁이 무색하게도 졸업 후의 운명이 추첨으로 결정되자 벌어진 현상이다. 허공에 대고 외치던 전인교육이 이제야 이루어진다고 들었다. 특정 직업에 맞춘 주요 과목에 목을 맬 필요가 없어진 덕이다. 나중에 무엇이 될지 모르다 보니 오히려 골고루 모든 분야에 관심이 높아진 셈이다.

다양한 경험 속에서 적성을 찾고 이를 살려 원하는 직업을 가지면 좋겠지만 아직은 운에 맡겨야 한다. 아이러니하게도 직업 선택의 자유를 풀어주는 순간 지금의 균형 잡힌 교육은 무너질 테니 어쩔 수 없다. 완벽한 세상이 저세상에는 존재할지 모르겠지만, 우린 새로운 시도를 통해 보다 나은 세상을 천천히 찾아가고 있다.

어려운 세상 걱정 전에 당장 내 걱정이나 하자. 의사가 되었다는 말을 여자 친구에게 어떻게 한다냐. 지금 하는 일로 남자의 매력을 뿜뿜 풍겨서 겨우 마음을 얻었는데 큰일이다. 미래의 장인 장모님께도 이미 점수를 많이 따 놓았는데. 과거 결혼 상대 선호 직업 1순위가 민망해지는 순간이다. 뭐 하나 좋은 이유를 대야 하는데 할 말이 없다. 히포크라테스 선서라도 읊으면서 사실 오래전부터 인간의 생명에 헌신하고 싶었다고 시나리오를 써가야 하나.

일단 공부부터 시작하자. 통과 못하면 의사고 뭐고 백수 신세니. 그리고 안 해보곤 모른다. 건설 현장 일도 하기 전엔 이렇게 매력이 넘치는지 몰랐으니. 어쩌면 지금의 직업 뼹뼹이 제도는 직접 해보고 판단하라는 교훈을 주고 싶었던 게 아닐까. 남들이 정해놓은 위아래 기준에 휘둘리지 말고 본인이 판단하도록. 하는 일의 귀함과 천함은 애초에 없었다고.

설마 서로 아는 사이?

"그래서 아는 척했습니까? 다 알고 잘해준 거 맞죠? 여기까지 왔
는데 솔직해집시다!"

나는 화가 난다. 앞에 앉은 두 사람의 결백하다는 표정이 날 이렇
게 만든다. 아무리 봐도 둘은 처음 보는 사이가 아니다. 분명 전부터
알고 있었다. 어디까지 닿아 있는지 아직 모르지만, 사회가 근절시킨
질척한 인연으로 엮인 게 명확하다. 투명한 세상을 목표로 하는 분위
기에서 본인들의 잘못이 얼마나 큰 파장을 일으킬지 감이 없어 보인
다. 입을 뗐다 닫았다 망설이며 아무 소리를 내지 못하고 있다. 둘이
주고받는 눈빛에는 정말 아무것도 모른다는 시선이 아닌, 어디까지
밝혀야 할까에 관한 고민이 담겨 있다. 자, 오늘 다 털어놓기 전엔 한
발짝도 여기서 못 나갈 테니 각오하시지.
제보를 해준 건 어느 회사 입사 면접에 참여한 취업 준비생이었

다. 찝찝한 단체 인터뷰를 마치고 나서 확실한 심증을 가지고 신고했다. 아무래도 면접관이 같은 학교 후배로 보이는 면접자를 챙긴 것 같다는 악랄한 소식을 전했다. 대놓고 말은 안 했지만, 은근히 들어내는 졸업 학교에 대한 묘사와 자부심이 둘 사이에 오고 갔다며. 던지는 질문의 난이도와 대답에 대한 반응이 다른 지원자랑 눈에 띄게 차이가 나서 불편했다고. 면접 결과가 나오기 전이지만 너무도 뻔해 보여서 불쾌함을 참지 못하고 알렸다고 밝혔다.

들어온 민원은 곧장 이 분야 전문가인 내게 접수되었고, 바로 출동해서 둘을 잡아들였다. 지금 때가 어느 때인데 같은 학교라는 더러운 연줄을 대고 있다니. 이놈들 단단히 잘못 걸렸다.

"저흰 오늘 면접장에서 처음 본 사이입니다. 난생처음 만난 거라고요. 면접관으로서 다른 면접자와 똑같이 대했어요."

전형적인 부장님 스타일의 그가 입을 열었다. 발뺌하는 첫마디도 클래식하다. 당연히 처음 만난 걸 수도 있겠지. 근데 같은 출신 학교를 보고 반가운 마음에 태도가 갑자기 변했을 테고. 인지했든 안 했든 옆에서 차별로 느껴질 정도면 무조건 잘못이다. 아무리 비슷한 사건을 계속 맡아도 이해가 되질 않는다. 나이 차가 이 정도면 같이 학교에 다닌 적도 없을 텐데, 무슨 연정이 솟아서 서로를 애틋하게 바라보며 뭐라도 하나 해줄 게 없나 하는 마음이 드는 건지. 이 직업을 갖게 된 동기와도 같다. 어떻게든 공통점을 찾아 붙어보려는 몹쓸 습성을 오래전부터 받아들이기 어려워했다.

　내가 사회에 발을 디딜 무렵, 그곳은 보이지 않는 질기고 *끈끈한* 온갖 선들로 복잡하게 얽혀 있었다. 같은 팀에 있던 동기 녀석이 자꾸 어떤 선배들 모임에 불려 갔다. 전혀 다른 조직 사람이라서 어떻게 아는 사이인지 물었지만, 그때마다 말을 흐렸다. 덕분에 어딜 가도 한 명쯤은 친한 선배를 둔 동기는 안 풀리는 일도 인맥으로 쉽게 해결하곤 했다. 사회 초년생 티를 벗으면서 그제야 알아챘다. 직장 내 동창 사모임의 파워가 꽤 강력하다는 걸.
　물론 내게도 모임 초청장이 왔지만 나갈 이유가 없었다. 어떤 접점도 없이 그저 졸업장에 찍힌 이름이 같다는 이유로 모이는 게 불편했다. 함께 다니며 추억을 나눈 선후배도 아닌데 굳이 뭐 하러. 서로 얼굴도장 찍으며 어디서든 만나면 잘해주자는 수작이 아니꼬웠다. 비공식적인 끈을 잡지 않은 차이는 연차가 올라갈수록 크게 다가왔다. 공정해야 할 승진 과정에 끼어든 비리를 마주하곤 경악했다. 불공정에 치를 떨다 더 이상 버티지 못해 박차고 나왔다.

　"맞아요. 전 선배님을 개인적으로 따로 뵌 적은 없어요. 고향에서 오며 가며 얼굴만 알던 형님이었다고요."

　　　　　　　　　　　　냉소자의 달콤한 상상

잠깐, 뭐라고? 이놈들 보통 사이가 아니다. 같은 학교 나온 게 다가 아닌 모양이다. 동네에서 마주칠 정도면 특급 범죄 조항, 지연이 포함된다는 말인데. 아직도 이런 무리가 남아 있구나. 하긴 그러니나 같은 사람을 뽑아서 앉혀 놓았겠지. 거기서 거기인 좁은 땅덩어리를 열심히 나누고 나눠서 같은 지역 출신이면 자석처럼 달라붙는 못된 습관은 늘 문제였다. 학연에 지연이 꼬이면 답이 없었다. 겉으로 투명하고 평등한 기회를 표방해도, 뒤에선 잡다한 인연 가져다 붙이기가 멈출 줄 몰랐다. 지저분하고 어두워지는 사회를 위해 자유로운 도덕에서 강제되는 법의 영역으로 판을 옮겼다. 그때부터 모든 연줄 동원은 불법이 되었다.

보이지 않는 끈에 걸려 넘어져 백수를 자처하고 있던 난 다시 불타올랐다. 모든 끈을 잡아내 심판할 수 있는 자리는 나만의 천직이 분명했다. 아무런 끈 없이 경쟁자와 붙어 당당히 합격해 자리를 차지했다. 그동안 잡아낸 지저분한 인연이 수천, 수만 건이다. 굵직한 대형 유착 관계부터 보이지도 않는 미세한 연결 고리까지. 마치 이 나라는 끝없는 선으로 이루어진 듯했다. 없으면 살아갈 수 없는, 그래서 더욱 모두가 집착하게 되는.

그럴수록 강한 사명감을 가지고 밤을 새워가며 온갖 선을 정리했다. 누구도 서로 아는 척하며 능력과 재능을 뒤집어엎을 수 없도록. 끝까지 정신을 차리지 못하는 자도 많았다. 가진 끈조차 자신의 밑천이라고 발악하며 버티곤 했다. 설득이 어려운 극악무도한 자에겐 처벌뿐이었다. 고된 시간이 흘러 어느 정도 깨끗하게 변하고 있다는 확신으로 보람을 느끼던 찰나에, 눈앞의 둘이 등장했다.

"아니에요. 전 애 몰라요. 지원서에 있는 이름을 보고, 성이 같아서 친근하게 느꼈던 것뿐이에요."

아는 동생의 지밍아웃에 당황한 형님이 큰 실수를 뱉었다. 어디 보자. 두 사람의 족보를 살펴보니 결판이 났다. 동성동본이다. 한마디로 이 사람들은 서로 친척이다. 명절이면 고향에서 만나는 사이. 제일 심각한 가족 챙기기는 사회의 원흉이다. 다른 건 다 돌아서도 피가 섞이면 약해졌다. 피가 물보다 진한 탓인지 끊어내기 어려운 흉악한 범죄로 깊숙이 남아 있다.

그동안 수많은 관계를 잡아냈지만 3연 중복은 처음이다. 학연, 지연, 혈연. 하지 말라는 모든 걸 갖춘 사이다. 벗어날 방법이 없는 걸 알아챈 둘 사이가 급격히 가까워졌다. 그걸 그렇게 티를 내면 어떡하냐고 원망하고, 끝까지 모른 척했어야 한다며 탓한다. 누가 더 잘못했는지는 의미가 없다. 공정하게 똑같이 심판받는다. 다른 이의 기회를 뺏어간 만큼 가진 걸 빼앗길 차례다.

같은 학교, 같은 지역, 같은 집안까지. 왜 우린 덮어두고 실낱같은 동질성에 이끌리는 걸까. 막막하고 살기 어려운 세상에서 조금이라도 친숙한 지점을 찾아 저절로 고개가 돌아가는 거라면 설명이 되려

　　　　　　　　　　냉소자의 달콤한 상상

나. 목숨까지 걸고 뿌리로 돌아가는 회귀본능처럼 막을 수 없는 걸지도. 평생 줄타기를 통해 어슬렁거리며 지름길로 넘어 다니다 잡힌 자라면 꼭 남기는 진술이 있다. "좋은 게 좋은 거 아니겠습니까."

당신 입장은 그렇겠지만 전체를 보면 하나도 좋은 게 없다. 너희만 좋고 나머지는 나빠진다. 이유를 모르고 당한 들러리는 억울함을 호소할 곳조차 없다. 보이지 않는 칼날에 기회가 잘린 채, 망연히 자신의 무기력을 감당해야 한다. 있지도 않은 부족함을 억지로 찾아서 자책하며 상황을 이해해야 한다. 어디가 좋다는 말인가.

공정한 사회가 옳다고 믿는다. 과거의 배경이 아닌 지금 가진 것으로 평가받고 기회가 주어지는 세상을 원한다. 나뿐만이 아니라 누구에게 물어도 그럴 테다. 하지만 여전히 수면 밑의 비공식적인 '연'이 많은 걸 좌지우지한다. 떳떳하다면 드러내고 공식 스펙으로 내세울 텐데 또 그렇게는 못 한다. 나중에 알고 보면 전부 선배였고 고향 친구였고 사촌이다. 그림자에 감춰져 있는 채로 결정에 영향을 끼치는 건 옳지 않다. 당해보면 사무친다. 원했던 성과가 내게 오지 못한 이유가 친분이 부족해서였다면 어떤 표정을 지어야 할까.

남들도 다 그렇게 사는데 단순히 잘못 걸린 거라며 억울해하는 내 앞의 이 둘만 봐도 알 수 있다. 무엇이 잘못되었는지 모른다. 아는 사람끼리 돕고 사는 게 도대체 뭐가 문제냐는 얼굴이다. 어긋난 생각을 완벽히 걷어내기 전까지 멈추지 않겠다. 어디서도 서로 아는 척조차 할 수 없는 깨끗한 나라를 만들겠다. 미안하지만 최초의 3연 중복 사건의 주인공인 당신들이 본보기가 돼줘야겠다. 믿기 어렵겠지만 너희 이제 다신 살아서 만날 일은 없다.

✦ 하나만 남은 종교 ✦

다투는 자들 앞에 나타난 그분

"최근에 발견된 고대 유적지에 대해 들어보았죠? 그동안 전설로만 전해 내려오던 다종교 시대를 뒷받침하는 결정적 증거라고 합니다. 여러 종교의 공존은 있을 수 없는 일이라고 일축해 왔던 주류 고고학자들은 충격을 받았다죠. 새로운 역사적 사실로 인정받으면서 현재의 유일교와 비교되며 여러 연구가 진행되고 있습니다. 오늘은 여러분과 이에 관한 이야기를 나눠보겠어요. 먼저 우리에게 종교는 무엇일까요?"

"네, 교수님. 종교란 인간이 살아가기 위해, 또 살아남기 위해 만들어낸 개념입니다. 우린 존재의 시작과 끝을 모릅니다. 어디서 왔는지도 어디로 가는지도 아는 게 없지요. 살면서 막연한 불안감을 늘 안고 지냅니다. 자주 흔들리는 인간이 믿고 기댈 수 있는 존재가 필요했어요. 그것 자체가 진실인지는 중요하지 않았지요. 오히려 현실과 동떨어질수록 믿음은 강해질 수 있었어요. 그렇게 우리를 가뿐히 뛰어넘는 절대자를 탄생시킵니다. 풀기 어렵고 이해하지 못하는 부분을 손에 닿지 않는 저편으로 넘기자 평온이 찾아왔어요. 우리의 얕은 지식과 논리로 해결되지 않아도 괴로워할 필요가 없어졌죠. 종교는 우리를 무지의 절망에서 해방했어요."

"정확해요. 지금 우리에게 종교는 세상이 돌아가는 이치를 이해하기 위해 꼭 필요합니다. 어설픈 인간의 수준에서 판단하다 보면 좁은 생각에 매몰되기 쉬워요. 나만 맞는 것 같고 나와 다른 타인을 따뜻이 돌아보기 어렵죠. 하지만 아무리 의견이 갈려도 종교 앞으로 가져오면 다툼을 멈추고 숙연하게 바라볼 수 있어요. 초월적인 힘에 맡기면 커다래 보이던 다름도 사소해지면서 서로를 인정하게 됩니다. 현시대가 평화로울 수밖에 없는 이유를 하나의 종교 때문이라고 믿는데요. 모두 각기 다른 신을 믿는 예전에는 어떤 일이 벌어졌을까요?"

"음, 우선 저는 믿을 수가 없어요. 도대체 왜 그런 비효율적인 짓을 했을까요? 어차피 내가 믿는 것과 남이 믿는 것의 목적이 같았을 텐데요. 영혼의 안식을 찾기 위해 만들어낸 이상적인 존재였을 테죠. 게다가 눈으로 볼 수 없어서 확인도 못 했을 거고요. 그런데도 내 신과 네 신이 다르다고 여기며 구별을 한 이유를 모르겠어요. 어떤 일을 복잡하게 나누어서 끌고 간다는 건 누군가의 상대적 이익을 위한 것으로 생각해요. 혹시 예전에는 단순히 다른 종교를 가진 것으로 끝난 게 아니라 서로가 더 옳다며 다투었을까요?"

냉소자의 달콤한 상상

"예리한 추론입니다. 맞아요. 그런 일이 실제로 벌어졌다고 밝혀지고 있습니다. 안타깝게도 얌전하게 설전만 벌이지 않은 것으로 보입니다. 차별, 무시, 강압, 탄압, 그리고 전쟁까지 있었다고 합니다. 정신적 피해부터 육체적 파멸까지 벌어졌던 참혹한 시대로 증명되고 있어요. 안정을 위해 만들어진 종교가 모든 것을 뒤틀고 빼앗는 역설이 벌어진 셈이죠. 사람을 위해 만들어진 종교가 사람을 해치고 망치는 증거가 속속들이 나오고 있어요. 그때 그들은 어떤 식으로 상대의 종교를 공격했을까요? 상상해봅시다."

"교수님의 설명을 들으니 당황스럽네요. 하나의 종교로 살아가는 저는 상상하기 어려워요. 백번 양보해서 서로 다른 절대자를 믿는다고 쳐도, 어떤 근거로 내가 더 맞는다고 우길 수 있었는지 모르겠어요. 인간의 무지를 극복하기 위해 만든 개념이 종교인데, 그것을 좀 더 잘 알고 있다는 주장 자체가 모순 아닌가요?

차라리 너나 나나 모르는 게 매한가지이니 서로 인정하며 각자 믿음을 따랐다면 이해하겠어요. 이건 분명 다른 의도가 있어 보여요. 앞선 친구의 말처럼 종교 외적인 욕심이 파고들었을 거예요. 내가 남보다 더 우월하다는 인간의 본성이 범접하지 말아야 할 영역까지 손을 뻗은 거죠."

"흥미로운 의견입니다. 종교로 포장해서 남보다 위에 서려고 했다는 말이죠? 놀랍게도 그 당시에는 종교로 우열을 나누는 일이 있었다고 해요. 남이 믿는 종교의 신을 인정하지 않았습니다. 한마디로 가짜 신으로 치부한 거죠. 미개한 문명을 대하듯이 모자란 것 취급을 했답니다. 자기 신이 진리이며 나머지는 모두 거짓으로 조작된 헛것이라며 무시했죠. 심지어 같은 신을 믿는데도 잡다한 사항에 따른 해석이 달라서 다른 종교로 갈라지기도 했답니다. 종교가 원래의 목적을 상실하고 도구로 전락해버린 겁니다. 종교를 무기 삼아 자신을 내세우며 정당성을 가져가려고 서로가 애쓰던 모습이 그려집니다."

"관련 다큐멘터리를 보면서 경악했던 내용은 종교가 달라서 이루어질 수 없는 관계였어요. 그 당시엔 친구도 종교가 다르면 어울리기 쉽지 않았고, 가족 간에도 서로 인정하지 않아 싸움이 끊이지 않았다네요. 특히 사랑하고 결혼하는 데 치명적인 요소가 종교의 불일치였어요. 미래 배우자의 믿음을 마음속 깊은 곳부터 거부하다 보니 평생 함께할 수 없었던 거죠. 인간을 위해 탄생한 종교가 딱딱한 장벽처럼 사이를 가로막는 모습이 안쓰러웠어요. 왜 자꾸 멀어지는 걸 좁히려는 노력을 하지 않았을까요?"

"오히려 반대로 흘러간 정황이 확인되고 있습니다. 화합을 통해 모으려는 방향이 아닌, 우뚝 서서 독보적인 존재로 나머지를 깔아뭉개려는 방식으로요. 눈에 보이지 않는 신으로는 한계가 있다 보니 눈에 띄는 형식에 집착했다고 합니다. 갖가지 규칙을 만들어서 엄격하게 지키고, 성전을 화려하게 짓고, 기도하는 예식을 복잡하게 만드는 쪽으로 발달했죠. 자기 외의 종교와 차별화를 두기 위해 상품처럼 개발해 나간 거죠.

지키기 어려운 종교일수록 자부심이 강해졌고 그만큼 다른 종교를 괄시했습니다. 심해지면 싸움으로 번지는 일이 흔했죠. 모자라고 부족한 종교와 이를 믿는 사람까지 소탕해야 한다는 어긋난 믿음으로까지 번졌습니다."

"해당 기사를 읽을 때 가장 충격받은 점은 무신론자의 존재였어요. 아무리 그래도 그렇지 어떻게 아예 종교를 포기했을까 믿을 수 없었거든요. 교수님의 설명을 들으니 이제는 좀 이해가 되네요. 어떤 종교를 가져도 배려하고 존중하는 게 아니라 다른 종교와 싸워야만 한다면 저라도 그랬을 것 같아요. 불확실한 인생 속에 마음 둘 곳을 찾기 위해 신을 찾았으나, 다른 신과 싸우는 일에 동참해야 한다면 아찔하네요. 차라리 아무것도 믿지 않고 불안에 떨더라도, 괜한 갈등에 얽혀들지 않는 게 나은 선택 같아요."

"지금은 있기 어려운 그때만의 독특한 무리였죠. 얼마나 종교 간의 반목이 격렬했는지 보여주는 대목이에요. 연구가 지속될수록 잔인하고 악랄한 증거가 계속 나오고 있다고 합니다. 타 종교의 존재 자체가 자신의 종교를 부정한다는 의식이 강했다고 해요. 어떻게든 소멸시키려고 갖은 수를 썼어요. 없애기 어려우면 설득과 압력을 적절히 사용해서 개종도 시켰답니다.

지금 귀추가 주목되는 쟁점은 서로 잡아먹을 듯 다투던 다종교

시대가 지금의 유일교로 넘어오게 된 과정입니다. 어느 순간 기록은 끊겼고 그때와 지금의 시차는 무려 몇천 년입니다. 우리가 가진 역사에는 모두 지금과 동일한 하나의 종교 시대였습니다. 어떤 추측이 가능할까요?"

"처절하고 기나긴 다툼 끝에 하나의 우세한 종교가 나머지를 모두 없애고 통일한 게 아닐까요? 나라가 쪼개졌다가 통일하듯이요. 결국 하나의 종교가 전 세계를 다스리게 된 것 아닐까 싶어요. 그 후 오래 지속되면서 지금처럼 원래부터 하나인 듯 굳어버리게 된 거고요. 더 이상 편 갈라서 내가 낫느니 네가 낫느니 할 필요가 없어졌으니까요. 군림하는 방식이 깨끗하고 정당하진 않았겠지만, 덕분에 우리는 공연한 고민 없는 세상에 살 게 된 거죠. 누군가는 피를 묻히는 수고를 했기 때문에 지금의 평화를 누릴 수 있는 것 아닐까요."

"전 아니라고 생각해요. 그러기엔 하나로 지낸 시간이 너무 길어요. 방금 학생의 말대로 쪼개진 종교가 국가처럼 합쳐진 경우라면 언제든 다시 갈라지지 않았을까요? 역사에선 그런 경우가 허다하잖아요. 하지만 유일교가 된 이후에는 어떤 분열의 흔적도 없어요. 종교를 이용해서 남들 머리 위에 서려고 했다면 평정은 일시적이었을 뿐 그리 오래가지 못했을 겁니다. 인간은 그런 식으로 짓밟힌 채 순순히 지낼 수 없는 존재니까요. 어디서든 새로운 종교가 생겨서 또 다른 갈등을 조장하고 뒤엎으려 하고도 남았을 것으로 짐작해요. 어떻게

냉소자의 달콤한 상상

우리는 지금과 같이 공고한 단 하나의 종교를 가질 수 있었을까요?"

"그렇다면 혹시 모두 망해서 사라지고 백지가 되었던 시기가 있지 않을까요? 교수님 말씀처럼 남보다 앞서는 수단으로써의 종교 중 하나가 살아남았다면 온전히 모든 사람을 감화할 수 없었을 거예요. 잘못된 방식이 언젠가는 균열을 만들었을 테죠. 강력한 힘으로 통일한 나라일수록 통치 기간이 짧았듯이요. 서로 싸우다 지쳐 공멸한 뒤 아무것도 남지 않은 채, 아예 종교가 없었던 기간이 생겼던 것 같아요. 그때야 비로소 남은 인간은 원래 종교의 의미를 깨닫고 그동안 잘못되었던 걸 뉘우치는 거죠. 필요했던 처음의 목적을 상기하고 온전히 제 역할만 할 수 있는 지금의 종교를 성립해서 여태 흘러온 게 아닐까요."

"오, 현재 가장 지지를 받는 가설과 유사해요. 저도 이 방향에 동의합니다. 다만 변화 주체에 대한 생각이 달라요. 과연 없어지고 깨닫는 과정을 전과 다름없는 무지한 인간이 해낼 수 있었을까요? 전 회의적입니다.

바로 그때 '신'이 등장했다고 봅니다. 그동안 인간에게 자율적으로 믿을 기회를 주었지만, 사태가 심각해지자 직접 나선 거죠. 신을 믿는 척만 하고 이용해서 사리사욕을 채우는 몹쓸 모습을 참지 못하고요. 세상의 온갖 종교 같지 않은 종교를 한 번에 쓸어버리고 지금의 진짜 종교를 세워둔 거죠. 더 이상 아무도 흔들리지 않게요.

지금 우리를 보세요. 얼마나 평안합니까. 신과 우리를 섞지 않아요. 완벽히 분리되어 살아가는 현재를 완전한 절대자 말고는 이룰 수 없다고 믿어요. 그분이 처음이자 마지막으로 나타났던 그때를 이번 발견으로 알게 된 거죠. 어쩌면 이것도 모두 그의 계획일지도 모르겠네요. 누리는 당연함에 감사하도록요. 여러분은 어떻게 생각하십니까?"

냉소자의 달콤한 상상

2

믿던 모든 게 달라진

너와 나의 진실이 다르다면

지금 보이는 진실은 언제부터 믿음을 얻어왔을까. 태어나자마자 추종하는 세력에게 떠받들어지며 높은 자리에 오른 걸까. 아니면 치열한 권력 싸움 끝에 힘겹게 왕좌를 거머쥐게된 걸까. 어떤 식이었든 간에 현재의 위치는 공고하다. 빈틈이 보이지 않고 찾으려는 의심의 시도조차 없다. 어제의 진리는 오늘의 주인공이며 내일의 예약자다.

너도나도 신뢰하는 절대자에게 충성하기란 참으로 간편하다. 앞사람이 해 온 것처럼 똑같은 줄에 서 있다가 그가 하던 대로 고개를 끄덕이며 따라 하면 된다. 어색하지 않게 차례를 잘 넘기면 적당한 몫이 손안에 떨어진다. 소중한 양식에 감사하는 태도엔 다른 생각이 찾아가지 못한다. 정해진 틀에서 사는 법을 터득한 후엔 밖을 보기 어렵다. 나중엔 저 너머에 무언가 있을 거라는 기대조차 접고 산다.

다른 믿음을 허락하지 않는 사회는 서로를 감시한다. 헛된 상상이나 허튼 수작을 부리는 자를 가만두지 않는다. 질서를 어지럽히는 무리에겐 자비가 없다. 지켜온 기준이 흔들리길 원하지 않는다. 조금도 변함없이 이어져 내려가길 바란다. 숭고한 전통이라도 되는 것처럼. 어쩌다 의문을 품는 애송이에겐 한심한 눈초리가 쏟아진다. 정말 몰라서 묻는 건지 안타깝다는 듯이. 꼭 그래야 하냐고 물고 늘어지면 하나둘 수상해하며 몰려든다. 철없는 불순분자를 손봐주기 위해 씩씩대며.

때늦은 후회로 우리에겐 자유가 있다고 외쳐보지만 먹히지 않는다. 따라야 하는 규율엔 예외가 없다는 쓰라린 배움만 상처로 남는다. 아픔에 굴복해 질문을 거두면 그만큼 규범은 단단해진다. 더욱 강해져 우뚝 선다. 변화를 용납하지 않는 이곳은 확연히 엇나가고 있다.

아닐 수도 있다는 사라진 불신에 손을 들었다. 지금까지 그래왔다는 건 유지의 조건으론 불충분하다. 맹목적으로 섬기던 강력한 믿음을 뒤집었다. 그동안 누려온 가진 자의 저항이 거셀 테다. 버티고 찾다 보면 젖혀진 세상 가운데 놓치고 지낸 유익이 숨어 있을지도 모른다. 하루아침에 달라진 세계엔 어떤 놀라움이 생겨날까? 무조건 맞는다고 여겨온 수많은 잣대가 몽땅 부러져 버리면 마침내 혼란이 찾아올까? 오히려 억압받던 다양한 지혜가 샘솟는 기적이 벌어지지 않을지 요원한 희망을 품어본다.

달콤한 남 이야기

오늘도 느지막이 카페로 출근한다. 해가 떠 있을 때는 이만한 곳이 없다. 적합한 자리를 찾아 몸을 깊숙이 밀어 넣고 앉는다. 최적의 조건은 가능한 많은 테이블의 목소리가 닿는 곳. 낚싯대를 많이 드리울수록 월척의 확률이 올라가는 당연한 이치다. 작업에 필요한 준비물은 단출하다. 잡음 없이 생생하게 대화를 기록할 녹음기가 내장된 노트북이 전부.

매일 하는 업무도 단순하다. 일하는 척(실제로 일하고 있지만) 화면을 응시하며 타자를 치다가 이거다 싶으면 바로 리코딩을 시작한다. 충분히 증거 자료를 모은 뒤 일어선다. 그때가 자연스럽게 퇴근 시간이 된다. 도대체 무슨 일을 하냐고? 음… 고급지게 사회를 바로잡는 프리랜서라고 해둘까. 옛날 말로 현상금 사냥꾼 정도 되려나.

더 이상 말로 설명해도 어리둥절하기만 할 테니 지금부터 잘 따라붙도록. 오, 저 멤버 구성이면 백 프로다. 보이나? 중년 여성 3명이면 무조건 중타 이상이라고 보면 된다. 언제 어디서 치고 나올지 모르니 일단 녹음기를 바로 켠다. 처음엔 뻔한 레퍼토리로 예뻐졌다고 젊어졌다고 살 빠졌다고 영혼 없는 안부 인사가 흘러갈 테니 조금 참아보자. 슬쩍 보니 한 명이 입술을 씰룩거리며 안절부절못하는 티가 벌써 난다. 시작인가 보다. 곧 쏟아져 나올 테지.

"근데 말이야. 걔 있잖아. 이번에 나한테 어떻게 한 줄 알아?" 좋은 출발이다. 분노와 미움이 뭉쳐진 첫 멘트라면 못해도 최소한 강도 7이다. 듣고만 있으면 무슨 인간 말종이 따로 없다. 내용에 파묻히지 말자. 난 프로니까. 어차피 신뢰도는 5%도 안 될 거야. 중요한 건 진실 여부가 아니라 얼마나 신랄하게 까느냐니까. 자, 1번 타자의 방언은 끝났고 한숨 돌리느라 목을 축이고 있네. 이쯤에서 보너스가 터지면 좋을 텐데. 옳지, 옆 사람도 가담하는군. "사실, 나도 전부터 그렇게 느꼈어. 저번에 말이야⋯." 오늘 완전 제대로 잡았다. 며칠 쉬어도 되겠어.

휴, 안 들으려고 해도 어쩔 수 없이 귀가 열려 있어서 혼났네. 세 시간을 내리찧고 빻고 가루가 되도록 씹어 넘길 줄이야. 나야 대목 잡아서 좋지만 거친 입방아에 오른 사람은 무슨 죄람. 이 짓도 너무 오래 하면 나도 모르게 사람을 못 믿고 말 거야. 어디서 누가 나를 짓이기고 있을지 알아야지. 이러다 대인 기피증 생기기 전에 적당히 하고 관두든지 해야겠어. 근데 또 이만한 벌이가 없어서 끊을 수도 없고 참.

오늘 잡은 건수는 오랜만에 대박이야. 나 같은 험담 고발을 위한 도청자가 늘어나서 사람들이 조심하느라 며칠 허탕을 쳤거든. 인적이 드문 카페에 잠복하고 있길 잘했어. 앞으로도 종종 출몰해야겠군. 응? 녹음한 걸로 뭘 할 수 있냐고? 이거 왜 이래, 뉴스도 안 보는 거야? 이제 목소리도 지문처럼 사람을 모두 구별 가능해. 유식하게 말하면 '성문'이나 'Voice Print'라고 할 수 있지. 아, 그건 알고 '험담 고발'이 뭐냐고? 하, 이 답답한 친구 때문에 오늘 목 좀 아프겠네.

자, 생각해보자고. 우리가 둘만 모여도 뭘 하지? 입을 털겠지. 간단하게 사는 소식 전하고 나면 소재가 떨어지거든. 근데도 우리는 시간이 모자라게 떠들며 보내잖아. 어떻게 그러지? 그래, 바로 그거야. 남 이야기하는 거야. 그 자리에 없는 사람 이야기를 세월아 네월아 허구한 날 하는 거지. 뭐라 할 당사자도 없고, 사실 여부 따질 필요도 없으니, 멋대로 양념 치고 이리저리 꼬는 맛이 보통이 아니잖아. 이 사람 너덜너덜 헤집고 나면 다른 사람으로 옮겨가고. 시간이 모자라지 대상이 부족할 일은 없는 거지.

문제는 돌아서고부터야. 서로 마음껏 지껄여 놓은 탓에 어디까지가 진실인지 헷갈리기 시작하거든. 그런 상태로 또 다른 사람을 만나

96   냉소자의 달콤한 상상

서 막 뒷담화를 이어가잖아. 그러면 뒤죽박죽 엉망진창으로 온갖 이야기가 지어져 퍼지는 거야. 결국 본인이 알게 돼서 까무러치게 놀라며 유포자 찾으려고 벌벌 뛰어도 뭐 답이 있나. 전부가 공범인데. 이러면 또 억울해서 당한 사람도 여기저기서 의심되는 인물 모두 말로 뒤집어 재끼기 시작하고. 아주 악순환이지. 하도 심각해져서 사회에 좋을 게 없으니 싹 다 금지하고 만 거야. 그러고 나서 여러 카페가 줄줄이 망해 나갈 정도니, 그동안 얼마나 없는 사람 뒤에서 욕하느라 시간을 많이 보냈는지 알만 해.

근데 말이야. 처음엔 잠깐 주춤하는가 싶더니 사람들이 답답해 죽겠는 거야. 만나도 별로 할 이야기가 없거든. 서로 본인 이야기를 하자니 내 사정이라서 좀 꺼리게 되고. 솔직하게 이야기하면 상대방이 어떻게 반응하는지 신경 쓸까 봐 말도 못 꺼내는 거지. 예전엔 괜히 어렵게 자기의 고민이나 생각을 정리해서 전달할 필요가 없었잖아. 신경 쓸 필요 없이 마음껏 늘어놓을 수 있는 당장 없는 사람 이야기가 널려 있었거든. 그걸 빼고 나니까 꿀 먹은 벙어리처럼 껌뻑껌뻑 눈만 마주 봐야 하니 오죽했겠냐고. 서로 민감한 부분은 물어봐도 대답도 잘 안 하니까 대화는 뚝뚝 끊기고.
다시 슬슬 예전 버릇이 도지면서 하나둘 입에 타인을 담기 시작한 거지. 하긴 그렇잖아. 내가 여기서 뭔 이야기를 하든 누가 알고 처벌하겠어. 같이 입 털고 있는 사람만 가만히 있으면 아무도 모를 텐데.

앞에 있는 사람도 같이했으니 절대 고자질할 일도 없고. 사태가 이렇게 돌아가자 결국 생긴 게 바로 '험담 고발 현상금'이야. 신고하면 돈 준다고 하니 온 나라가 달려든 거지. 험담이 돈에 졌다고 해야 하나? 암튼 그래서 요즘 최고 유망한 직업이 바로 이 몸이라고.

놀란 입 다물어. 이게 현실인데 어쩌겠어. 나쁜 일 벌이지 않도록 애쓰는 선한 감시라고 해두자고. 다 사회에 필요한 일 아니겠어? 수고비 조금 받을 뿐이고. 어, 표정이 왜 그래? 뭔가 불편한가 본데 맞춰볼까? 아, 오늘 적발한 대상이 여성이라서 언짢구나. 괜히 여자만 수다쟁이라고 낙인찍어 놓고 덤비는 모습이 별로였네. 딱 맞췄지? 하도 사람들 눈치를 몰래 보느라 얼굴만 봐도 무슨 말을 하려는지 알거든. 일종의 직업병이라고나 할까. 우선 그런 거 절대 아니야. 나 같이 고정관념 없이 사는 사람 없다고. 그저 일로서 낮에는 여성, 밤에는 남성을 타깃으로 할 뿐이야. 몰랐지? 남자 쪽이 건수가 더 많아. 해지고 나서 쫓아다니는 피곤함이 있지만, 벌이는 더 좋거든. 들어 봐봐. 어젯밤에도 엄청났었다고.

남자들 험담은 일단 여럿이 한꺼번에 대규모로 모이기 때문에 다양하게 수집할 수 있지. 그리고 술이 들어가고 나면 강도가 엄청나게 세지거든. 말했었나? 건수만큼 중요한 게 강도라고. 알코올이 만들어 낸 흥분은 거친 말을 무기로 삼아 점점 걷잡을 수 없는 상황까지 몰고 가거든. 동조하는 사람도 쉽게 가담하고. 밤부터 새벽까지 쫓아

냉소자의 달콤한 상상

다니느라 피곤하긴 하지만 용량이 부족할 정도로 빵빵하게 가득 채워서 퇴근이 가능하지.

재밌는 건 나중에 용의자에게 확인 절차를 할 때인데 대부분 기억을 못 해. 취해 있어서 그랬을 거라고 하지만, 내 생각엔 몇 시간을 쉬지 않고 이놈 저놈 가만 안 두고 씹어대서 기억하려고 해도 할 수 없는 거야. 뭐 그러든가 말든가 도망 못 가는 증거가 있으니 소용없지만. 현상금의 곱절만큼이나 벌금을 토해내고 나면 다음번엔 조심하는지 모르겠네. 나야 뭐 돈만 받으면 되고, 또 그러면 다시 잡으면 되니 상관은 없지만.

그나저나 이거 오늘 너무 영업 비밀을 많이 늘어놓았어. 듣는 본새를 보니 당장이라도 뛰어들 기색인데 흠. 내일부터 밥줄 끊기기라도 하면 안 되는데. 뭐 한 명이라도 더 나서서 나쁜 짓을 줄여준다면 좋은 거겠지. 밥벌이로 이러고 있지만, 다 좋은 세상을 만들자는 뜻으로 나름 임하고 있다는 걸 알아줘.

사실 나도 전에 뒤에서 떠들어대는 놈들 때문에 정신병 근처까지 다녀왔거든. 그 고통을 누구보다도 잘 알아. 그래서 악에 받쳐서 찾아다니는 것도 있고. 여하튼 내 영역은 침범하지 말아 주길 바라. 조금만 귀를 기울이면 아직도 널리고 널린 게 뒷담화의 현장이니까. 매너 있게 업무 구역은 서로 지키면서 일하자고. 그럼 굿 럭!

변하는 사랑의 인정

친구야, 이번이 내 마지막 결혼식 초대가 되겠구나. 벌써 세 번째라니 거짓말 같아. 첫 번째 결혼식 피로연에서 호기롭게 다음 결혼은 없다고 외쳤던 게 엊그제 같은데 새삼 민망해지는구나. 같은 짓을 두 번째 결혼하면서도 반복했지. 두 번 다 그렇게 믿었거든. 정말 진심이었어. 언제나 내 마지막 결혼이라고 확신했었지. 처음엔 뭣도 몰라서 그랬다고 하지만, 다음번 기회엔 자신이 있었다고. 비록 이렇게 결국 마지막 청첩장을 보내고 있긴 하지만.

나도 뭐 별수 없는 거지. 괜히 3번 결혼할 수 있게 정해놓은 게 아니구나 싶더라고. 오랜 사람들 습성을 들여다보고 만들어놓은 제도라 그런지 어쩜 그렇게 딱 맞아떨어지는지. 할 말이 없더라. 너도 곧 준비해야 할 거야. 이런 말도 있잖아. '결혼 3번 안 해본 사람하고는 친구도 하지 말아라.' 인생을 아직 다 모르니 말이 안 통한단 의미야.

난 들자마자 고개를 크게 끄덕였어.

　난 말이야, 결혼에 대한 생각이 많이 바뀌었어. 사랑하는 사람을 만나 함께할 수만 있다면, 평생 같이 행복할 거라는 철없던 이야기 기억나니? 우리 둘 다 아무 경험이 없을 때, 내가 노래 부르던 거잖아. 이제야 고백하는데 아주 오랫동안 믿고 살았어. 첫사랑과 첫 번째 결혼을 하고 난 뒤 헤어지는 그날까지 굳건하게.
　여기서 네가 어떤 표정을 지을지 잘 알아. 그래 맞아. 내가 바람을 피워서 그렇게 된 거야. 그것도 세 번씩이나. 사랑하는 사람과 살면 다른 이성은 눈에 안 들어올 줄 알았거든. 이젠 너도 알겠지만 머리와 몸은 따로 놀더라고. 머리로는 당연히 아무 일도 없을 거라고 여기며 어울렸는데, 몸은 어찌나 쉽게 반응하던지. 그렇다고 내가 첫 번째 부인을 사랑하는 마음이 변한 게 아니었거든. 그건 그거고 이건 이거였어. 양립이 가능했다니까. 괜히 일부다처제가 있었던 게 아니더라고. 물론 나중에 사실을 알게 된 그녀는 공감하지 못했지만.
　아무리 설명해도 이해를 못 하더라고. 내 사랑은 변함이 없고, 잠시 몸뚱어리만 딴짓한 것뿐이라고 해도 말이야. 사람이 실수도 할 수 있는 건데 말이 안 통하더군. 합리적인 법적 보호막 덕분에 바로 갈라지는 건 피했지. 너도 잘 알다시피 이혼이 성립되려면 3번의 잘못이 필요하잖아. 겨우 한 번뿐이었으니 그때까진 양호했지. 주변엔 투아웃 당하고도 몰래 딴사람 대놓고 만나는 사람들이 얼마나 많다고.

나도 곧 그들을 이해하기 시작했지만. 처음이 어렵지, 다음은 쉬웠어.

고민이 많았던 시기야. 그렇게 원하던 사랑을 쟁취해서 결혼까지 해서 잘 살고 있는데, 왜 다른 곳을 힐끔거리게 되는지 스스로가 납득이 안 됐어. 거들떠보지도 않던 세상 사람들의 속된 말이 막 떠오르더라고. '설레는 감정은 3년뿐이다, 어떻게 맨날 밥만 먹으며 살 수 있느냐.' 나만 그런 게 아니고 남들도 그렇다는 안심으로 편안하게 두 번째 외도를 저질렀지. 그때까지만 해도 절대 헤어질 생각까진 없었어. 첫사랑은 가슴속에 여전히 남아 있었다니까. 제발 믿어줘.

세 번째 잘못은 작정했던 게 맞아. 이혼 조건을 맞추기 위해서였어. 이미 난 그 결혼생활을 이어갈 힘도 자신도 없었어. 더 이상 행복하지 않았어. 의무감으로 점철된 하루하루가 삶의 의미를 앗아갔지. 끝까지 내게 매달렸던 그녀도 아마 관성이나 습관 같은 것 때문이 아니었을까. 우리 관계에 투여된 시간과 노력, 오고 간 수많은 감정이 아까워서 그랬을 거야.

그때의 나처럼 그녀도 새로운 사람에게 얻는 짜릿한 쾌감에 노출되었다면 손쉽게 날 이해했을 텐데. 지금은 누구보다도 잘 지내는 걸 보면 어차피 시간문제였지만. 그녀가 재혼한 채로 이 사람 저 사람 간을 보며 밀고 당기는 데 선수라는 소문을 들었지. 괜히 아까우면서도 뿌듯하더라고. 나중에 다시 만나볼까 하는 생각은 세 번째 결혼을 앞둔 내가 하기엔 적절하지 않겠지?

굴레에서 해방된 후 많은 사람을 만났지. 분명히 말해두지만 모두 사랑이었어. 동시에 한꺼번에 여럿을 만나더라도 각각 사랑했어. 가슴이 떨리는 건 꼭 한 명에게서만 오는 게 아니더라고. 낯섦이 주는 설렘을 바로 간파했지. 가장 아름다운 여자는 뭐니 뭐니 해도 역시 처음 보는 여자였어. 동의하지 않을 수 없을걸. 매일 새로운 사람과 흥분되는 나날을 지내면서 결혼에 대해 생각했어. 꼭 결혼하고 살아야 하는지.

멋모르고 했던 첫 번째 경험이 남긴 건 이런 거였어. 안정감, 소속감, 편안함, 만족감. 법적으로 제공받는 심리적 든든함이 꽤 컸지. 주변의 시선도 달라졌어. 혼자 있을 땐 그 나이 먹고 뭐가 문제길래 그럴까 꼬치꼬치 캐묻던 게 사라졌지. 능력이 부족한가, 몸에 문제가 있나, 성격이 안 좋나 등 상상의 나래를 펼치면서 걱정했거든. 일일이 대응하기도 싫고, 독신이라고 둘러대면 쌍지팡이 짚고 결혼의 고귀함에 대해 설파하시는 분이 어찌나 귀찮던지.

결혼하고 나니 모두 사라졌어. '나 정상이에요. 걱정 말아요.' 뭔가 이런 훈장 같다고나 할까. 사실 잡다한 것보다도 최고의 장점은 따로 있었어. 바로 짝이 있는 상태에서 다른 사람을 만나는 스릴과 재미야. 이건 결혼하지 않고는 절대 얻을 수 없는 매력이라고. 몰래 만나는 쪽도 짝이 있으면 금상첨화가 따로 없지! 다시 결혼을 결심하게 된 결정적 이유야.

두 번째 그녀는 내 바람과 정확히 일치했어. 깨어 있는 사람이었지. 사회적 인정을 누리면서 개인적 욕망을 불태웠지. 우린 간섭이나 질투와는 거리를 두었어. 서로의 완벽한 자유를 보장했지. 결혼이라는 테두리를 갖추도록 연기하는 게 유일한 의무였지. 하지만 그녀는 너무 심했어. 경계가 없었어. 내가 품을 수 있는 한계를 넘었어. 너도 기억나지? 결혼식에서 있었던 일. 그녀는 내 친구니 친척이니 할 것 없이 틈만 나면 추파를 던지고 홀리고 어울렸어. 신랑에게 보이는 최소한의 예의도 없었지.

그날 이후는 뭐 말 안 해도 뻔하지. 동네에 모르는 사람이 없었지. 다니던 회사는 물론이었고. 가는 곳마다 '누구 부인'이라고 불렸지만 한 번도 내 부인인 적이 없었어. 진정한 자유 부인이었지. 질려버린 난 기어코 약속을 어겼어.

그녀를 한꺼번에 3번 신고했어. 사건과 증거는 넘쳤으니 어렵지 않았지. 이번에도 삼진 아웃 제도 덕분에 쉽게 이혼할 수 있었지. 처음의 마음과 달라진 날 어이없게 보는 그녀의 눈빛이 인상적이었어. '뭐 이런 놈이 다 있어. 지가 하자고 해 놓고는 이제 와 딴소리람.'

두 번이나 헤어져보니 인간이라는 동물은 결혼과 어울리지 않나 싶기도 해. 한 사람과 평생 산다는 건 불가능이지 않을까. 색다른 변화 없이 그저 버티는 건 아름답지 않잖아. 우리의 본능은 한 군데 고여 있는 걸 거부해. 억지로 강요한다고 되는 게 아니야. 그걸 인정하니까 세 번의 결혼을 합법으로 정해놓은 게 아닐까. 제도는 본성에 기반하니까. 애초부터 우리에겐 영원한 동반자란 없는 거지.

마지막 결혼은 예상치 못했어. 두 번이나 해보니 나머지는 안 하는 게 맞겠더라고. 좋은 점은 여전히 인정했지만 들어가는 비용이 만만치 않았어. 물리적 감정적 모두. 이 기회가 사라지면 끝이라는 압박감도 무시 못 했지. 적당히 포기하고 적절히 지내며 살다 가려고 했어.

근데 문제는 결국 사랑이었어. 세 번째 그녀는 내게 마지막 사랑으로 다가왔어. 그 사랑은 어쩐지 저절로 결혼으로 연결되었지. 결혼을 향한 본능이 선천인지 경험인지 모르겠지만. 우리의 사랑을 완성하고 싶었고 겉으로 드러내고 싶었어. '우리 이렇게 사랑하고 있어요. 멋진 한 쌍이 될 거예요.' 하고 말이야. 앞서 두 번이나 해놓고도 아직 타인의 인정을 바라는 걸 보니 어쩔 수 없는 사회적 동물인가 봐.

완벽한 준비를 하고 있어. 꽉 막혔던 처음과 마구 풀렸던 다음을 돌아보며 최고의 방법을 찾아냈지. 우린 정확히 절반씩 사용하기로 했어. 반은 우리 부부를 위해, 나머지는 각자의 애인들에게. 나처럼 이번이 마지막 세 번째 결혼인 그녀는 나와 생각이 똑같아. 안정적인 부부관계만큼이나 신선한 자극이 필요하다는걸. 양쪽에 헌신하며 결혼생활을 유지하면 오래도록 행복할 수 있다고 우리는 믿어.

거기에 더해 놀라운 장치도 마련했어. 서로의 잘못을 신고하지 말자는 계약도 했지. 어때, 그녀가 너무 사랑스럽지 않니? 자유로운 연애와 포근한 결혼을 함께 즐기는 최고의 인생이 나를 기다리고 있단다. 더 이상 좋을 수 없는 우리의 시작을 축하하러 와주렴, 친구야.

냉소자의 달콤한 상상

지금이 빠진
초라한 과거의 영광

이게 얼마 만이야. 방송에서 나를 불러주다니. 카메라 앞에 섰던 게 벌써 십 년이 넘었구나. 우연한 기회로 TV 드라마에 출연한 뒤, 반응이 좋아서 한참 연예인 생활을 했었지. 화려한 주인공은 아니었지만 극 중에 꼭 필요한 역할을 맡곤 하며. 나이답지 않은 고지식함을 온몸에 두른 걸로 이름을 날렸었지. 전형적인 살아 있는 화석 캐릭터에 적합하다고. 왜 그런 역 있잖아. 주연이 새로운 도전이나 일탈하려고 하면 옆에서 꼭 찬물 끼얹는 조연. 이건 원래 이래서 안 되고, 저건 당연히 그래서 안 되고. 악역도 아니고 같은 편인데 갑갑한 소리만 하면서 기운을 빼는 게 얄미운.

가끔은 진짜로 빙의해서 실제와 구분을 못 하기도 했어. 아니면 애초에 그런 성격이었는지도 모르겠네. 배우를 꿈꿔오던 게 아니라서 그저 내게 어울리는 인물로 잠시 살았을 뿐이니까. 틀에 박힌 듯

색다른 변화를 추구하지 않으니 곧 어디에서도 찾지 않았어. 매번 똑같은 스타일로 등장하니 다들 식상해진 거지. 커리어는 거기서 멈췄어. 그래도 요즘까지 인터넷에 과거 사진이 많이 돌아다니더라고. 답답한 꼰대에 적절한 이미지라고 하면서 말이야. 연기는 연기일 뿐이니까 악감정은 없어. 어떻게든 인상적으로 남아 기억되면 좋은 거지.

이번 섭외 프로그램 설명을 들어보니 최신 트렌드인지 어렵더라고. '리얼 버라이어티 예능 쇼'라는 복잡한 콘셉트에 출연진도 엄청 많아. 나 같은 왕년의 스타랑 요즘 뜨는 후배를 모아서 하는 거라네. 연배 비슷한 고만고만한 옛 동료들이야 예전에 한 번씩 봐서 다 아는데, 요새 친구들은 하나도 모르겠더군. 만나면 알아서 먼저 인사하고 설명하겠지 뭐.

정해진 형식도 없고 짜인 각본이나 미리 쓰인 대본도 없다네. 인생과 연예계에서 선배와 후배로서 진솔한 대화를 나누는 게 다라고. 각각 과거와 현재를 대표하니까 세대 간의 차이를 이해하는 자리로 활용하면 된다는데. 밥 먹고 술 마시면서 벌어지는 흔한 상황이 지금은 방송이 되나 봐. 경험 많은 사람이 이제 막 시작하는 새싹에게 가르침을 주는 건 귀한 일이지. 오랜만의 방송 출연이라 긴장 많이 했는데, 그냥 하던 대로 편하게 하면 된다고 하니 부담이 적네. 따로 준비할 것도 없으니 잠이나 푹 자고 내일 첫 촬영 다녀와야겠어.

냉소자의 달콤한 상상

휴. 해보니 별것 아니네. 아직 살아 있어. 편안한 분위기에서 하고 싶은 이야기 마음껏 하는 거라 중간부턴 방송인 줄도 잊었으니. 너무 많이 말을 했나 싶지만, 알아서 편집해 주겠지. 본 방송이 곧 시작되겠군. 주변에 안 알린 사람이 없으니 다들 재밌게 봐주겠지. 나 아직 안 죽었다고. 흐흐. 내 얼굴이 나오는 TV가 얼마 만인가.

이제 시작하는군. 음… 난 언제쯤 나오려나. 이 장면 전에도 많이 참여했었는데. 단지 흐름에 따라 날린 거겠지 뭐. 오, 나왔다. 응? 대사가 무음 처리돼버렸네. 뭐지, 방송 사고인가? 아, 여긴 제대로 나오네. 근데 자막이 '꼰대의 나쁜 예'라고? 아무리 재밌게 하려고 한다지만 너무 심한 거 아닌가. 어라, 이러고 끝나버렸네.

댓글 보라고 지인들이 난리군. 어이쿠, 이게 뭐야. 십 년 넘은 무관심을 이렇게 악플 무더기로 돌려받는 건가. '이 아저씨 아직도 그대로네. 설정이 아니라 원래 이랬네. 나이 먹어도 똑같네. 아니 더 심해졌네. 입만 열면 고리타분한 이야기니 지겹다. 듣고 있는 다른 출연진 표정이 썩어가네.' 도대체 내가 뭘 잘못했다고.

방송 제목부터 이상하던데 괜히 나갔나. 뭐라더라. 〈라떼는 말이야 말아요〉였나? 그러고 보니 무슨 뜻인지 물어보지도 않았네. 그냥 요즘 쓰는 말이겠거니 하고 말았는데. 어디서부터 어긋난 걸까. 혹시 PD가 지나가듯 던졌던 유의 사항 때문인가. 지금이랑 관련 없는 과거 이야기는 삭제되거나 음소거 처리되고 경고 자막이 나간다고 했었지.

한참 대선배인 내가 해 줄게 옛날이야기뿐인데 어쩌라는 거야. 예외 조항이 하나 있긴 했었지. 지금까지도 이어지고 있는 행위와 노력이라면 문제없다고. 예전부터 현재까지 직접 실천하고 있는 건 괜찮다고 했지. 하지만 '나 때는 말인데…'로 시작해서 그게 무조건 맞는다는 식으로, 지금 잘못하고 있거나 게으르게 지내는 거라며 질책하는 투는 절대 안 된다고. 이 사람들이 애초에 어른과 젊은이를 붙여놓고 뭘 기대한 거야. 오랜 경험과 연륜을 바탕으로 소중한 삶의 교훈을 내려주는 자리 아니었냐고. 이것도 안 되고 저것도 안 되면 나가서 무슨 말을 할 수 있겠어. 계약 때문에 아직 한참 더 찍어야 하는데 큰일이네.

자, 한번 따져보자. 내가 가서 뭘 했더라. 잘린 장면 중심으로 떠올려봐도 별것 없는데 이상하네. 도착해서 누가 찾아와 인사할 때까지 묵묵히 앉아 있었지. 내가 어른인데 아무리 초면이라도 먼저 할 순 없으니까. 제시간 맞춰온 어린 친구가 사과를 안 해서 알려주기도 했지. 원래 30분 전에는 와서 미리 기다리는 거라고. 아직 잘 모르길래 가르쳐준 것뿐이야.

초반에 자유롭게 소재나 진행 방식에 관한 아이디어를 내는 회의에서 너무 적극적인 친구에게 한마디 해줬지. 적당히 하고 위에서 시키는 대로 따르자고. 아무리 의견을 말하라고 했어도 그렇지 정말

다 쏟아내는 건 아니잖아. 어른들이 어련히 알아서 잘 결정할 텐데. 간식이나 식사 시간에도 어찌나 복잡한 주문 사항이 많은지 그냥 좀 나오는 대로 먹으라고 했지.

촬영이 좀 길어진다 싶으니 바로 앞으로 예상 시간이 어떻게 되냐고 물어서 깜짝 놀랐어. 끝날 때 되면 끝날 텐데 그걸 궁금해하다니. 그러는 거 아니라고 따끔하게 이야기해줬지. 나 때는 정말 그렇게 했었으니까. 이런 유익한 내용은 별로 어울리지 않았는지 다 잘렸네. 흠.

본격적으로 대화를 나눈 걸 따라가 보면 좀 알 수 있으려나. 여기도 내 대사는 무음 처리되거나 이상한 자막들로 뒤덮여 있던데. 배우로서 갖춰야 할 걸 물어서 뻔하지만 건강을 강조하며 한창때 운동 좀 하던 걸 펼쳐놓았지. 지금이야 손 놓은 지 오래지만 그땐 날아다녔거든. 내 튀어나온 배를 보면서 갸우뚱거리길래 촬영 중인 줄도 까먹고 꿀밤을 때려주며 옛날엔 안 그랬다고 살짝 언성을 높였지. 너도 나이 들어보면 안다고 덧붙였던 것 같고.

아, 독서도 빼놓지 말라고 신신당부를 해줬지. 다양한 간접 체험과 갖가지 사상을 접하면서 겪는 사고의 확장이 연기의 풍부함에 도움이 된다고. 지금 생각해도 멋진 조언이네. 바로 이어서 요즘엔 무슨 책 읽느냐고 따지듯이 물어서 기분이 나빴지만.

그때 읽었다는 거지 왜 지금에 와서 묻는 거야. 이래서 뭘 알려줄 수가 없어. 해주는 이야기는 안 듣고 자꾸 되묻기만 하니까. 내가 자기들 때였으면 감사하다며 잊어먹을까 봐 적기 바빴을 거야. 열심히 가르쳐주려는 태도가 왜 나쁜 건지 도통 모르겠네. 한 번 더 해보면 감을 잡을 수 있으려나.

후유, 이번엔 좀 나아졌겠지? 처음엔 좀 어색하고 예의 차리느라 말을 아꼈었는데, 두 번째라 입이 좀 풀려서 말 좀 했거든. 원래 왕창 찍어도 여기저기 잔뜩 잘라내서 그럴듯하게 붙이는 거니까. 양으로 밀어붙였으니 저번보단 많이 남았을 거야. 2화는 한번 기대해보자. 자, 마침 나온다.

엥, 분량이 더 줄었네? 거의 없는 사람처럼 나왔는데. 시작과 끝인사만 같이 하고 얼굴이 나오질 않네. 그나마 나온 장면엔 '라떼를 끊지 못하는 꼰대'라고 덕지덕지 붙어 있고. '세상에 이렇게 라떼 좋아하는 사람 처음 보네. 입만 열면 Latte is horse 구만.' 나온 부분은 얼마 없는데 악플은 배로 늘었어. 이것도 재주라면 재주이려나. 아무튼 이건 PD한테 한 소리 해야겠어. 이럴 거면 왜 날 불렀냐고. 김 PD 난데, 이게 도대체 뭐 하자는 건가?

그래, 어디 한번 보자. 같이 출연한 다른 왕년의 스타를 보란 말이지. 하긴 분량이 유독 많더라고. 뭐가 다르다는 거지. 봐봐, 이 친구도 연기자로서 여러 역할에 도전해야 한다는 뻔한 이야기 하잖아.

어라, 이 친구는 방송이든 연극이든 영화든 실패하더라도 계속 시도하고 있었네. 심지어 지금까지도 포기하지 않고. 진즉에 놓아버린 나랑 다르긴 하네. 그래도 꿈나무들에게 잘 나가던 때를 회상하며 들려주는 게 어떻다고.

다음으로 분량을 차지하는 다른 친구를 보자. 여기도 나랑 똑같네. 운동하고 책 읽으라는 소리. 나도 했잖아. 음, 이 친구는 지금도 꾸준히 나이에 맞춰 알맞게 몸을 관리하고 있네. 확실히 건강해 보이긴 하더군. 쉬는 시간에도 틈틈이 책을 집더니 꾸준한 독서도 이어오면서, 최근에 읽은 책도 소개하며 같이 나눌 거리가 있더라고. 신인 배우들이 이 친구들 쳐다보는 눈빛이 확실히 다르네. 나를 볼 땐 어려워하는 줄로만 알았는데, 이제 보니 싫어하는 거였네.

여전히 잘 모르겠어. 먼저 경험한 사람이 아끼는 마음에 이렇게 해라 저렇게 해라 알려주는 게 나쁜 거냐고. 비록 지금은 그렇지 못하고 있지만, 옛날 일이 거짓은 아니잖아. 환장할 에피소드도 하나 있었지. 한 어린 친구가 딱 그때의 나를 떠오르게 해서 칭찬하는 마음에 "20년 전 나를 보는 것 같네."라고 했지.

단번에 얼굴이 구겨지는 걸 보고 기가 찼어. 괜히 나를 위아래로 훑어보면서 울상을 짓는 게 어이가 없더라고. 내가 똥을 줬어? 갑자기 똥 씹은 표정이 뭐야. 왜 지금 내 모습을 살펴보고 고개를 젓냐고. 누가 지금 나랑 같데. 한창 잘 나갈 때랑 비교해야 할 거 아냐. 나도 이제 '라떼는 말이야'가 뭔지 안다고. 나 때 그랬다고 말하는 게 왜 잘못이야. 그걸 하지 않는 게 이 프로그램의 규칙이라니 참 괘씸하지. 그나저나 앞으로 분량 확보는 어쩌나. 그때 그 시절을 빼고 나면 할 말이 없는데. 골치 아프네.

냉소자의 달콤한 상상

순수의 사회

시청자 여러분 잘 지내셨습니까? TV 쇼 〈그땐 그랬지〉입니다. 오늘은 기억하시는 분이 많지 않을 먼 옛날로 거슬러 올라갈 거예요. 혹시 이런 인사말 들어보셨나요? "못 본 새 젊어졌군요. 살이 많이 빠졌네요. 뭐 먹고 예뻐졌어요? 정말 동안이세요." 믿을 수 없으시죠? 이런 거짓말을 아무렇지 않게 나누던 시절이 있었답니다. 속마음이 아닌 겉치레로 포장해서 서로 눈 가리고 아웅 하며 기분을 달랬다죠. 하는 사람도 듣는 사람도 순전히 뻥인 걸 다 알았지만, 당장 그 순간을 모면하기 위해 모른척했답니다. 아무 소용이 없다는 걸 깨닫고 쓸데없는 거짓말을 완전히 날려버리기 전까지는요.

처음 알게 되신 분들은 낯설죠? 우리가 지금 나누는 깔끔한 인사가 익숙하실 거예요. "여전히 볼품없구나. 살과 한 몸이 되었네. 내가 그나마 낫다. 사는 게 힘든가 봐." 상대방 기분 위한다며 복잡하게 돌려서 둘러댈 필요가 없죠. 진실을 나누는 게 당연한 거니까요.

머리 아프게 꾸미지 않아도 돼요. 어차피 지어낸 말인 걸 서로 아는 데 왜 괜한 데 기력을 씁니까. 진심을 파악하는 데 귀한 에너지를 낭비하냐고요. 그렇다고 악의가 있어서는 절대 아니잖아요. 그저 그 순간 느끼는 그대로 편하게 표현할 뿐이죠. 하는 사람도 듣는 사람도 악감정을 쌓아두지 않고 바로바로 해소하는 식으로요. 괜히 며칠씩 꿍해 있을 일도 없고 오해가 생길 일도 없죠. 이제 우린 가식에서 완전히 자유로워졌어요.

지금이야 당연하지만 처음에는 힘들었다고 해요. 속마음을 이야기할 때마다 눈치 보면서 남이 속상하지 않을까 하면서요. 무척 더디긴 했지만 조금씩 진실에 다가가는 노력을 통해 나아졌어요. 하나씩 천천히 거짓을 벗겨오면서 결국 완벽히 투명해질 수 있었죠. 과거엔 '팩폭', 그러니까 '팩트 폭력'이란 유행어가 있었다네요.

용어만 거창하지 별거 아닙니다. 사실(팩트)을 콕 집어서 현실을 직시하도록 뼈 때리는 행위(폭력)를 일컫는다고 해요. 우리가 하는 일상의 대화가 그땐 그렇게 어색했다는 방증이죠. 말로는 솔직해지자면서 체면 차리고 배려한다는 핑계로 진심을 주고받는 일이 희귀했었죠. '선의의 거짓말'이네 '화이트 라이(White lie: 하얀 거짓말)'니 같은 말도 안 되는 짓도 인정했었답니다. 거짓은 무조건 나쁜 것인데도요. 솔직한 우리를 돌아보세요. 얼마나 아름답습니까.

냉소자의 달콤한 상상

오늘 방송의 취지는 분명해요. 아무렇지 않게 여기는 우리의 깨끗한 세상에 다시 감사하자는 겁니다. 가끔 믿을 수 없는 과거를 돌아보는 게 도움이 되니까요. 괴상한 상황과 대사가 여기저기서 마구 튀어나올 테니 마음을 단단히 먹어야 합니다. 같은 언어인데도 무슨 뜻인지 모를 수도 있어요. 이해를 돕기 위해 현대의 해설을 덧붙여 두었으니 걱정하지 마시고요.

그렇다고 절대 오해는 마세요. 오늘 소개하는 모습이 전부는 아닙니다. 보시는 분의 재미를 위해 가장 극적인 순간만을 모았거든요. 극단적일수록 매력적이죠. 이것조차 순수하게 알리는 저희 참 솔직하죠? 하하. 그땐 그랬구나 하면서 웃고 넘기시면 됩니다!

먼저 돈이 오고 가는 장면입니다. 파는 사람과 사는 사람의 답답한 줄다리기가 아주 목이 막힙니다. 상점에 구경하러 들어가면 친절한 직원이 따라붙으면서 이렇게 말했다고 합니다. 진짜 의미를 한번 추측해보세요. 바로 뒤에 해석을 붙여드릴 테니 맞춰보시고요. 물론 재미로요!

"뭐 찾으시는 거 있으세요?" (구경만 할 거면 빨리 나가요.)
"궁금한 거 있으시면 언제든 말씀하세요." (살 생각 있으면 말 걸어요.)

예상이 정확하셨는지 모르겠네요. 겉과 속이 너무 달라서 어렵죠.

이번엔 물건을 파는 화려한 기술이 펼쳐집니다.

"요즘 이게 제일 잘 나가요." (안 팔리고 재고만 쌓여서 골치가 아파요.)
"마지막 딱 한 개 남았네요." (이래야 혹해서 다들 사더라고요.)
"특별히 고객님만 할인해 드릴게요." (처음에 너무 비싸게 불렀죠.)

손님도 눈 뜨고 당하진 않습니다. 철저한 방어 패턴을 감상해보죠.

"좀 깎아주세요." (어지간히 남겨 먹읍시다.)
"둘러보고 올게요." (더 싼 데 없으면 올게요.)
"다음에 또 올게요." (여긴 다신 오지 말아야지.)

대단한 막상막하죠? 속고 속이고 치열합니다. 물건 말고 다른 걸 주고받는 곳도 살펴보시죠. 음식을 파는 식당은 어땠을까요? 다 먹고 나서 계산대에서 벌어지는 눈치싸움을 파헤쳐볼게요.

"식사는 어떠셨나요?" (그 돈 내고 이 정도 음식이면 괜찮았죠?)
"네, 괜찮았어요." (제발 먹어보고 파세요. 완전히 엉망이라고요. 나가자마자 악평 달러 갑니다.)

어휴. 무서워라. 차라리 우리처럼 이건 이렇다 저건 저렇다 알려

냉소자의 달콤한 상상

주면 좋을 텐데요. 끊임없이 자라는 머리카락 때문에 정기적으로 가야만 하는 미용실도 재미있습니다. 머리 손질을 마치고 주고받는 대화가 의미심장합니다.

"정말 잘 어울리십니다. 마음에 드세요?"(저도 할 만큼 했어요. 헤어스타일의 완성은 얼굴인데 어쩌겠습니까. 여긴 성형외과가 아니잖아요.)

"음… 여기가 좀 어색한데요. 다시 다듬어 주시겠어요?"(도대체 어디가 괜찮다는 겁니까. 그 돈 받고 이거밖에 못해요? 억울해서 이대로는 못 나가요. 정 안되면 머리 마사지라도 한 시간 받을 거예요.)

서로의 속 사정을 감추고 벌이는 신경전이 매섭습니다. 이번엔 우리의 인생을 관계의 관점에서 따라가볼 거예요. 시작은 부모와 자식의 대화입니다.

"건강하게만 자라다오."(괜히 나돌아 댕기다 다치지 말고 책상에서 공부만 하렴. 그럼 아플 일이 있겠니?)

"열심히 최선을 다하고 있어요."(없이 살아도 손 벌리지 않을 테니 잔소리 그만해요.)

서로 원하는 걸 속 시원하게 말하면 참 좋을 텐데요. 자라서 이성에 관심이 생기면서 만나고 싶은 이상형이 그려지죠. 소개팅하기 전에 하는 멘트입니다.

"난 남자 얼굴 안 봐." (다른 게 월등하면 얼굴은 아주 조금 떨어져도 돼.)
"예쁘냐?" (예쁘냐?)

남성은 그때나 지금이나 여전하군요. 하하. 다음은 애인 만들기에 실패한 동성 친구들이 모여서 우정을 다짐하는 모습입니다.

"역시 친구가 최고지!" (나 몰래 연애하지 마라. 해도 내가 먼저다.)
"우리 결혼하지 말고 이렇게 평생 멋진 싱글로 즐기자!" (너나 나나 이번 생은 글렀으니 딴생각 말고 서로에게 잘하자. 행여나 갑자기 청첩장 날리면 다신 너 안 본다.)

설마 정말 이렇게까지 서로를 속여 먹었을까요? 상상이 안 되네요. 사랑을 시작하면 더욱 심오하고 복잡해집니다. 속셈은 뻔한데 표현이 다채로워져서 아주 헷갈려요. 먼저 남자 쪽입니다.

"네가 마지막 사랑이야." (날 믿고 한 번만 하자.)
"영원히 사랑해." (내일은 모르겠고 일단 오늘 한 번만 하자.)

한결같은 남자죠? 반대도 만만치 않습니다.

냉소자의 달콤한 상상

"집에 일찍 들어가야 해." (너 하는 거 봐서 하자.)

"나도 사랑해." (너 하는 거 봐서 하자.)

사랑만 고백하면 다음으로 이어질 줄 아는 단순한 남자는 핀트를 못 맞추기 일쑤죠. 어떻게 어떻게 상견례 자리를 가졌습니다. 양가 어르신도 대단하시죠.

"아드님을 참 착하게 키우셨어요." (내 딸을 훔쳐 가는 놈에게 해 줄 칭찬이 이것밖에 없다니.)

"따님이 참 마음이 고와요." (내 아들을 데리고 살 결심한다니 고마워요. 반품 안 돼요.)

본 무대 결혼을 위한 중대한 약속에서도 팽팽한 긴장감이 끊이지 않습니다.

"네 손에 물 한 방울 묻히지 않게 해줄게." (고무장갑 있잖아.)

"항상 사랑하고 존중하며 진실한 아내로서 해야 할 도리를 다할 것을 맹세합니다." (이 사람 하는 거 봐서요.)

으이그. 싸늘한 기운에 제가 다 으슬으슬합니다. 진실만 가득해도 어려운 게 결혼생활인데 참 안타깝네요. 그때의 높은 이혼율이 이

해되네요. 마지막으로 쫓고 쫓기는 추격전을 방불케 하는 숨 막히는 경우입니다. 가벼운 것부터 확인하시죠. 학창 시절 시험 기간에 쏟아지는 대사들이에요.

"겨우 한 번밖에 못 봤어." (한 번에 외울 정도야.)
"공부 하나도 못 했어." (지겨울 정도로 봐서 더는 못 하겠어.)
"망쳤어!" (딱 하나가 헷갈렸어.)

도대체 왜 이러는 걸까요? 정정당당하게 공부한 만큼 시험 봤다고 하면 안 되는 이유라도 있는 걸까요? 취업 면접 자리에서는 강도가 올라갑니다. 처음엔 면접관이 쉴 새 없이 쏟아붓습니다.

"상사와의 갈등을 어떻게 풀어나가시겠습니까?" (까라면 깔 거죠?)
"지방 발령도 괜찮나요?" (입사 후 산골 생활 3년 확정입니다.)
"들어와서 어떤 일을 하고 싶나요?" (군말 없이 시키는 대로 하세요.)

이에 맞선 취준생도 쉽게 넘어가지 않습니다.

"뽑아만 주신다면 뭐든지 다 할 수 있습니다!" (다른 건 일단 들어가고 나서 생각하겠습니다. 아니다 싶으면 바로 나올 거고요.)

냉소자의 달콤한 상상

이렇게 서로 감추고 밑장 빼고 난리를 치니 그 당시 퇴사율, 이직률이 하늘을 찔렀던 것 아닙니까.

　세상에 알려진 인물일수록 더 심했다고 합니다. 더욱 깨끗해야 할 공인들의 판에 짜인 듯한 고정 레퍼토리를 기록해두었어요. 인형 같은 몸매의 아이돌은 "저도 먹을 것 다 먹어요."(한 달에 한 번만요.), 자칭 싱어송라이터라는 가수는 "순식간에 이 곡을 썼지요."(제 게 아닌데 어찌 압니까.), 대상의 영예를 얻은 배우는 "전부 옆에서 도와주신 분들 덕분입니다."(하지만 내가 아니었다면 이렇게까지 잘 안 됐겠죠?), 몸 좋은 운동선수에게 복근 보여달라고 하면 "비시즌입니다."(직전까지 식단 조절과 죽도록 크런치, 플랭크 하다 왔어요.)까지. 누가누가 더 잘 속이나 경쟁하는 것도 아닌데 참 놀랍죠.

　마지막은 가장 영향력이 큰 정치인입니다. 선거가 시작되면 모두 한목소리로 외치죠. "저를 믿고 뽑아주시면 국민을 위해 일하겠습니다."(우선 저를 위해 일하겠습니다. 저도 국민이니까요.) 잘못을 저질러서 법정에라도 서면 하나같이 기억상실증에 걸렸데요. "기억이 나지 않습니다. 잘 모르겠습니다."(너 같으면 맞는다고 하겠니?) 그때가 왜 살기 어려웠는지 단박에 파악이 되죠. 앞선 자일수록 더욱 진실을 파묻었으니 얼마나 암담했겠어요.

　자, 여기까지입니다. 어떠셨나요? 추억이 새록새록 떠오르기도 할 테고, 이게 진짜일 리 없다며 도저히 받아들일 수 없기도 하겠지요. 저도 겪지 못한 사람이라 어떤 영화나 드라마보다도 현실감이 떨어졌어요. 저 땐 어쩌자고 입만 열면 거짓말이었을까요. 저러고 나면 좀 기분이 나았던 걸까요.

당장 바라는 걸 온전히 꺼내지 않는 게 서로를 위한다고 여겼던 모양입니다. 그 시대의 예의였던 셈이죠. 현재의 우린 속이는 걸 예의 없다고 하지만요. 옳다는 믿음의 방향이 세월에 따라 이리도 달라지다니 그저 놀라울 따름입니다.

이쯤에서 시청자 의견을 받아보겠습니다. 양쪽을 비교해 본 여러분의 소감이 궁금합니다. 거짓으로 둘러싸여 감추고 지내던 그때가 낫나요, 아니면 발가벗겨져 진실로 무장한 지금이 낫나요? 각자의 생각을 바로 댓글로 달아주세요! "참여해주신 감사한 분들 대상으로 추첨을 통해 푸짐한 상품을 보내드리겠습니다." 아이코, 저도 모르게 옛날 버전으로 해버렸네요. 마음에 드는 게 혹시 있으면 창고에 굴러다니는 철 지난 사은품을 착불로 보낼게요. 싫으면 말고요. 아유, 시원해. 바로 이거죠. 이제야 살 것 같네요. 전 아무래도 의견을 정한 모양입니다!

냉소자의 달콤한 상상

악플러의 민낯

"국민 여러분, 오늘 이 시간 이후 모든 댓글은 실명으로만 이루어집니다."

어제저녁 7시 대통령 긴급 담화로 발표된 〈댓글 실명제〉는 커다란 파장을 몰고 왔습니다. 긴급명령으로 내린 이 같은 조치는 누구도 예상치 못했습니다. 취임 후 제일 먼저 이를 위한 비밀조직을 만들어 극비리에 추진해왔다고 전합니다. 담당자들은 해외 파견 명목으로 출국 후 몰래 귀국해 숨겨진 공간에서 일을 진행했습니다. 가까운 이에게 퍼지는 것을 막기 위한 처사였다고 합니다. 밖으로 새어 나가면 반대 여론이 들끓어 신속한 개혁이 어려워질 것을 예상했기 때문입니다.

또한 곳곳에 뿌려져 있는 검은 악플의 작성자가 향후에 밝혀질 이름이 두려워 과거의 어두운 행적을 지우는 것을 막기 위함이었습니다. 예전 기록과 앞으로의 활동 모두 움직일 수 없는 증거로 그대로 남게 됩니다. 인터넷 공간에서 자신의 본명이 밝혀지는 지금 이 순간 어떤 일이 벌어지고 있을까요?

그야말로 실망의 도가니입니다. 가면 뒤에 숨어 있던 정체가 드러나자 얼굴 들고 다닐 수 없는 자가 쏟아지고 있습니다. 반대 정치세력을 깎아내리기 위해 쉬지 않고 상스러운 말로 막무가내 도배를 하던 사람, 특정 연예인을 집중해서 인신공격하던 사람, 온갖 성적 비하 발언과 욕설을 끊임없이 쏟아내던 사람, 생각이 다른 사람을 끝까지 쫓아다니며 스토킹하던 사람까지. 가까이 지내던 이웃들이 벌여온 온라인 세상의 창피한 모습이 적나라하게 드러나고 있습니다. 부끄러움으로 밖에 나서지 못하고 학교와 직장에 무단으로 빠지는 경우가 늘고 있다고 합니다. 어쩌다 우린 여기까지 오게 된 걸까요.

정부의 설명에 따르면 끝까지 고민했던 부분이 바로 이 '과거의 기록'에 대한 실명제 적용 여부였다고 합니다. 논의 초기엔 법 시행 시점 이후에만 본인 이름이 달려도 충분히 앞으로 깨끗한 환경을 만들 수 있을 거라는 판단이 우세했습니다. 하지만 과거의 잘못도 본보기로 보여야만 더욱 반성하고 조심할 거라는 의견이 대두되면서 논란이 가중되었다네요.

결국 예전의 잘못으로 죄를 묻거나 처벌은 하지 않지만, 실명 전환하기로 결정되었습니다. 마치 성범죄자의 신상과 범죄 기록이 낱

낱이 공개되듯이 말이죠. 그동안 피해를 본 범위와 정도가 너무도 심각했음을 보여주는 선택이라고 보입니다. 상처받은 사람들을 이제라도 달래주는 뒤늦은 사과라고 보는 시선도 있습니다.

바뀌는 부분에 대해 좀 더 상세하게 알려드리겠습니다. 댓글을 남기려면 최초 본인 인증을 해야 하고 주기적으로 확인 요청을 받습니다. 프로필에는 앞서 말씀드린 대로 지금까지의 모든 댓글 이력이 공개됩니다. 또한 이번에 도입된 '악플 지수'가 크게 표시됩니다.

악플 지수는 남겨온 댓글 중 나쁘다고 판단된 댓글의 비중, 빈도, 길이, 강도를 수치화한 결과입니다. 그동안 쌓인 수많은 악플 데이터가 방대한 덕분에 개발할 수 있었던 시스템입니다. 숨기고 싶은 과거를 통해 빚어낸 내일을 위한 기술이라는 해석입니다. 악플러, 또는 키보드 워리어라고 칭해지던 자들의 활동이 주춤한 이유가 이해됩니다. 앞으로 계속 침묵하든, 아니면 이제라도 개과천선하여 지수를 낮추든 본인의 결정에 달렸습니다.

시행 첫날부터 불만이 여기저기서 폭주했다고 합니다. 대부분 익명 활동을 통해 꾸려오던 커뮤니티와 서비스입니다. 투명하기 어려운 자극적인 소재를 다루던 곳이지요. 먹고살 길이 막혔다며 강력한 항의가 이어지고 있습니다. 과거의 금융 실명제 초기 진통과 겹쳐 보입니다. 가명, 애칭으로 편하게 검은돈을 굴리며 크게 해 먹던 자들을 막기 위해 취했던 강력한 조치였습니다.

지금은 신분증을 제시하고 확인받는 게 당연해졌지만, 그때만 해도 자기 이름을 쓰는 게 그렇게 불편했다고 합니다. 괜한 절차가 생겨서 일 처리는 늦어지고, 쉽게만 해주던 계좌 개설과 계좌이체를 실명이 아니면 못 하니 답답해했었지요. 특히 사채업계가 가장 불평이 많았다고 합니다. 오늘날 불만 가득한 검붉은 익명 사이트와 형제처럼 보이네요. 결국에는 100%에 가까운 비율로 실명 전환을 해냈고 투명한 금융거래 사회를 이룩했습니다. 투명한 댓글로 지금 겪는 불편함은 잠시뿐이며 옳은 곳을 향해가는 여정으로 보입니다.

새롭게 달리는 댓글의 분위기는 어떤지 살펴보겠습니다. 항상 댓글 창을 뜨겁게 달구던 정치, 사회, 연예 기사가 전과는 많이 다르게 조용합니다. 아무래도 서로 조심하고 눈치를 보는 모양새입니다. 자유로운 의견을 낼 수 있지만 본인을 드러내는 상황이 녹록지 않습니다. 그동안 얼마나 편하게 하고 싶은 말을 아이디 뒤에 숨어서 뱉어냈는지 알 수 있는 대목입니다.

조사에 따르면 평소보다 1% 미만의 댓글이 기록되고 있다는데요. 그렇다면 99%를 넘는 댓글이 생각 없이 던지던 악플이라고 보는 건 무리일까요. 앞으로 어떻게 흘러갈지 유심히 지켜봐야겠습니다. 지금까지… (뚝)

냉소자의 달콤한 상상

드디어 이날이 왔구나. 그토록 바라던 순간이. 어쩌면 말이라는 건 꺼낸 자가 책임질 수 있도록 애초에 이름표를 달아두었어야 했어. 온라인이라는 핑계로 간편하게 뒤집어 감췄지. 그 덕에 예의는 물론 도덕, 상식까지 모두 말아먹어 버린 악마의 공간이 탄생했지. 인간이 어디까지 잔인해지고 악랄해질 수 있는지 익명의 인터넷 세계는 충분히 보여줬어.

이쯤이면 한계라고 생각하면 곧 비웃듯이 더 최악을 이에 질세라 경쟁하듯 만들어냈지. 우리 안의 악이 강력한 건지, 얼굴을 가리는 자세가 나쁜 건지 헷갈릴 정도였지. 그곳에서 치명적인 상처를 받고 나면 다음 행동은 둘 중 하나였어. 치유할 수 없어 삶을 포기하든지, 아니면 더 지독한 악플러가 되어 맞서든지.

누군가의 말처럼 얼굴 보고 할 수 없는 말은 얼굴을 보지 않더라도 하지 말아야 했어. 이름 걸고 하지 못한 말 때문에 쌓인 스트레스가 얼마나 대단했는지 몰라. 이름을 떼자마자 전 국민이 쏟아내는 감정의 쓰레기통이 되어버린 온라인 공간을 바라보면 놀라웠지. 일상생활이 가능한지 의심이 될 정도로 무자비한 자가 많았으니까.

입에 담지도 못 할 말 같지 않은 말, 모든 걸 삐뚜로 보는 삐딱한 시선, 대안 없이 내지르는 비난을 위한 비난. 내 옆을 지나는 누군가가 그러고 있다는 사실은 충분한 공포감을 만들었어. 가상의 세계가 점점 더 우리를 장악할수록 현실감은 높아졌어. 나도 당할 수 있다는 불안은 주변을 향한 의심을 키우며 현실 세계에서도 서로를 불신하기에 이르렀지.

언 발에 오줌 누기 같은 사후 조치의 효과는 미미했어. 이미 도망
갈 사람 다 도망가고 난 뒤 벌어지는 보여주기식 처벌은 아무도 두
려워하지 않았거든. 당한 사람은 일상생활이 불가능해질 정도로 삶
이 너덜너덜 망가졌는데도 말이야. 뒤늦게나마 원래의 자리로 돌아
온 이번 변화는 당연하고 또 당연한 결과야. 진작에 돌려놓았어야 했
고, 특히 과거를 덮어주지 않은 건 통쾌한 결정이지. 미약하나마 일
조했다고 자부해. 그날 이후 하루도 쉬지 않고 탄원과 청원 활동을
해왔으니까. 어차피 될 때까지 하려 했지만.

입에 거품을 물고 반대하는 세력도 있다지. 표현의 자유를 막는
거라고. 이름을 떼야지만 나불거릴 수 있는 게 정말 맞는다고 믿는
건가. 자유에는 책임이 따른다는 걸 아직도 배우지 못했나 봐. 책임
지지 못 할 말은 하지 않아야 해.

개인 정보를 보호해야 한다는 소리도 있다던데. 할 말 없으면 튀
어나오는 이 핑계도 참 지겨워. 하나의 인격으로 존중받을 수 있을 때
나 통하는 소리지. 인간이길 포기하고 쓸어 담지도 못할 역겨운 말을
싸지르는 악플러, 그러니까 더러운 죄인의 그것까지 챙겨줘야 할까.
자유와 보호는 누릴만한 자격이 없다면 빼앗는 게 맞아.

그 어떤 이성적 잣대도 소용없어. 나 같은 아픔을 겪은 자에겐. 악
을 행한 자에게 똑같이 갚아주고 싶어질 뿐이야. 화장실에서 배설하

냉소자의 달콤한 상상

듯 내보내고 닦아낸 뒤 모른 척 돌아선 놈. 던져댄 날카로운 칼날이 어디에 박혀 피 흘리게 하는지 관심도 없는 놈. 겉으론 교양 넘치게 생활하지만 조악한 가면 뒤에서 마귀로 돌변하는 놈. 이 모든 자가 영원한 부끄러움 속에 고통받기를 바라. 악플로 괴로워하다 떠난 너를 추억하며 슬픈 축배를 들어.

믿음을 위한 자백

제발 살려주세요. 하나도 빠짐없이 모두 털어놓을게요. 더 이상 그곳에 잡혀 있다간 미쳐서 죽어버릴 거예요. 다시는 그들이 절 찾지 못하게 도와주세요. 이렇게 빠져나온 건 제가 처음이에요. 누구도 떠나려 하지 않아서죠. 그 안에선 뭐가 잘못된지 전혀 몰라요. 그저 편안함만 존재하죠. 다른 건 없어요. 조금의 수고도 약간의 신경도 필요 없죠. 그곳엔 누구에게도 '책임'이 없거든요.

놀라운 소문을 들은 건 삶에 지쳐가던 시절이었죠. 점점 늘어나는 약속과 의무를 따르느라 온종일 날카롭게 곤두서 있었어요. 마음대로 살기 위해 자유를 쥔 듯했지만, 실제론 누릴 수 있는 부분이 적었죠. 이것을 하기 위해 저걸 지켜야 했고, 저것을 갖기 위해선 이걸 해야 했어요. 남에게 미루어두면 편할 순 있었지만, 그러면 제 것이 될 수 없기에 반드시 직접 움직여야 했죠. 어쩌면 당연한 이치를 그때 많이 힘들어했어요. 생각대로 되는 건 별로 없고, 견뎌야 하는 부담만 무거웠죠. 바로 그즈음 팔랑거리는 귓속으로 진기한 이야기가 깊숙이 파고들었습니다.

정말 아무것도 없다고 했어요. 그동안 제가 살면서 느끼던 어떤 압박도요. 바라는 걸 위해 참고 따라야 하는 삶의 무게가 사라진 무중력 상태라는 기막힌 설명이 이어졌죠. 짊어졌던 인생의 짐이 사라져 누구는 키가 쑥 컸다는 농담까지 돌며 환상 속 장소로 널리 알려졌답니다. 원하면 누구나 들어갈 수 있지만, 나오는 건 불가능하다 했어요. 이곳 기준으로는 불법이라 밖에 알려지면 곤란하니까요. 잠깐 고민하다 곧 결정했죠. 죽기 전에 이런 천국을 가보지 않으면 평생의 한이 될 게 뻔해 보였거든요. 그때의 저는, 짓누르던 굴레를 벗어던질 수만 있다면 무엇이라도 할 태세였죠. 그렇게 돌아올 수 없는 문턱을 건너고 말았습니다.

처음엔 너무 놀라 꿈인 줄 알았어요. 들리던 말과 다르지 않고 그대로였어요. 정문에 커다랗게 붙어 있는 슬로건 〈Responsibility Free〉, 즉 '책임 없음'이 틀림없는 사실로 존재했죠. 책임지지 않는 이유를 아무도 묻지 않았어요. 누구도 눈치 주거나 강요하지 않았죠. 옷을 안 입은 것처럼 허전했어요. 진짜 이러고 지내도 되나 싶었죠. 도대체 평소에 우리가 뭘 그렇게 지키고 해야 할 게 많길래, 책임 가득한 인생을 산다고 하냐는 얼굴이군요. 맞아요. 저도 완전히 놓아보기 전까진 몰랐어요. 얼마나 많은 걸 온몸에 칭칭 두른 채 옴짝달싹하지 못하고 있는지요. 당신은 이미 몸에 밴 채 살고 있어서 그래요. 지금부터 제가 경험한 완벽한 자유에 관해 이야기해볼게요.

약속을 뭐라고 알고 있나요? 새끼손가락 걸고 서로 이렇게 하자고 정한 것, 이 정도가 맞겠죠. 천국이라 불린 그곳엔 약속이 없어요. 정확히는 지켜지는 약속이 없답니다. 일부러 어기려 한다기보단, 지키지 않아도 된다는 규칙이 있어서죠. 원래 지내던 세상에선 미리 정해둔 건 가급적 그대로 하려고 하잖아요. 지키는 게 당연하고, 그렇지 않으면 믿을 만하지 못한 사람 취급당하고요.

거기선 약속에 따른 책임을 빼버리니 자연스럽게 모두 공수표로 변했어요. 네, 맞아요. 정확히 그거예요. 여기서 남발하는 '언제 한 번 밥 먹자!'와 같은 거죠. 그 말을 하거나 듣는 사람 모두 진짜로 식사 약속이 잡힐 거로 생각하지 않잖아요. 그곳에선 모든 약속을 그렇게 여겨요. 편하게 마구 뱉고 까맣게 잊어버리죠. 오히려 지켜지면 이상하게 볼걸요. 제가 있는 동안엔 그런 적이 없어서 실제로 확인은 못 했습니다만.

여럿이 함께 살면 자연스럽게 쌓이고 터져 나오는 게 불평, 불만입니다. 모두 자기 마음 같지 않으니까요. 거기도 마찬가지예요. 모이면 이건 이래야 한다, 저건 저래야 한다 말들이 많아요. 시원하게 쏟아내고 나선, 아무 대책 없이 돌아서요. 다음 날도, 그다음 날도 반

　　　　　　　　냉소자의 달콤한 상상

복되죠. 누구도 대안이라던가, 앞으로의 계획에 관해 꺼내지 않아요. 자기 책임이 아니기 때문이죠. 책임 없는 곳인 거 잊지 않았죠? 문제점을 해결하기 위해 이어질 어떤 행동도 서로 기대하지 않죠.

이곳도 프로불만러라고 있죠? 그들이 낙인찍힌 까닭은 지적한 사항을 위해 정작 본인은 아무런 실천이 없어서잖아요. 그곳에선 죄다 그래요. 당장이라도 바꾸고 뒤집을 것처럼 흥분하지만 손가락은커녕 두뇌도 까딱 안 해요. 대안 제시도 귀찮고, 직접 하는 건 끔찍하니까요. 그저 이거저거 잘못되었다고 배설하는 쾌감만 즐기는 거죠. 네? 여기도 점점 많아진다고요? 그럼 저는 잘못 도망친 건가요.

누군가 책임을 진다는 건, 원인이 그에게 있기 때문이죠. 책임이 사라졌다는 건, 나 때문이 아니라는 거예요. 자신에게서 책임을 시원하게 날려버린 그곳의 기본 사상은 '너 때문에'입니다. 틀어지면 모두 남 때문인 거죠. 이건 얘 때문에, 저건 쟤 때문에. 너무 편해요. 무언가 나로 인해 잘못되었다는 생각은 우리를 무척 힘들게 하잖아요.

거기선 자책하는 상황을 쉽게 벗어나는 3종 세트 아이템이 기본 장착됩니다. 바로 '탓, 핑계, 원망'이죠. 저번엔 저 사람 탓하고, 이번엔 이 사람 핑계 대고, 다음엔 그 사람 원망하고. 정말 쉽죠? 나만 빼고 모두를 원인으로 지목하는 건 새로운 즐거움이에요. 그래도 그럴 듯한 이유가 있어야 하지 않냐고요? 에이, 안 해본 사람처럼 왜 그래요. 타깃을 정하고 나면 끼워서 맞추는 건 껌이죠. 그 옛날엔 날던 까마귀 때문에 배가 떨어졌다고도 했다잖아요. 우린 사실 오래전부터 이 분야 전문가였던 거죠. 결과와 원인이 맞고 안 맞고는 중요하지 않아요. 남에게 모든 까닭을 던져버리고 가벼워지는 내 마음만 중요하죠.

깃털보다 가볍게 한동안 날아갈 듯 지냈어요. 스트레스라곤 찾아보려야 찾아볼 수가 없었죠. 그동안 눌려왔던 기분이 모두 이 책임 때문이었다는 걸 확실히 알게 되었죠. 아무 부담이 없으니 긴장을 완전히 내려놓고 다녔어요. 말이나 행동, 그리고 생각까지도 걸러냄 없이 쉽게 쏟아냈어요. 이어지는 결과에 대해 어떤 고려도 하지 않았죠. 제게 돌아올 화살이 없다는 걸 알았으니까요.

문제는 그 화살로 시작됩니다. 모두가 자신이 아닌 외부로 돌리는 날카로운 화살이 계속 쌓이면서 유토피아에 균열이 생깁니다. 책임이 사라진 곳에선 중대한 무언가도 함께 사라지고 있었어요.

누구에게도 책임이 없다는 건, 아무도 믿을 수 없다는 의미예요. 아무도에는 자신도 포함되고요. 책임의 기본은 무언가를 이렇게 하겠다는 믿음이죠. 어떤 이도 책임을 지지 않으니 믿음이 설 자리가 없어진 겁니다. 나도 못 믿는데 남은 말할 것도 없죠. 믿음이 사라진 사회는 쉽게 황폐해졌어요. 꼭 필요한 일이지만 이루어지는 게 없었어요.

상상해보세요. 거기서 쓰레기가 길에 떨어졌습니다. 누가 치울까요? 떨어뜨린 자는 줍겠다는 빈 약속을 던지고 잊어버리고, 옆에 있던 자는 이래서 인성 교육이 중요하다며 불평하고, 지켜보는 자는 쓰레기 만든 제품 회사부터 쓰레기통을 근처에 두지 않은 담당자까지 욕하기 바쁘죠. 엉망진창이죠? 아무것도 해결되는 게 없어요. 쌓이는 건 단지 쓰레기뿐만이 아니었어요. 돌려막기처럼 쏟아내는 불신의 감정이 풀리지 못하고 수위를 높여갔습니다.

제가 바랐던 건 책임에서만 자유롭고 싶었던 거예요. 믿음까지 잃어버리는 줄 알았다면 가지 않았을 겁니다. 후회가 시작되자 편했던 모든 게 징그럽게 다가왔어요. 입만 열면 거짓말, 구시렁구시렁, 개 때문에. 들을 때마다 진저리를 치기 시작했어요.

결국 거기서 빠져나가야겠다는 결심을 했습니다. 지키자는 어떤 약속도 의미가 없고, 잘못된 걸 알지만 움직이지 않고, 본인 잘못은 절대 인정하지 않으며 상대만 공격하는 곳에선 더 이상 견딜 수 없었어요. 자신을 포함해서 서로 믿지 않는 그릇된 세상에선 한 치도 나아질 수 없다는 결론에 이르렀던 거죠. 남은 생을 썩어갈 게 뻔한 곳에서 지내고 싶지 않았어요. 편하게 시궁창에 둥둥 떠서 삶을 마감하는 건 바라는 게 아니었어요.

알고 지내던 사람 중 비슷한 낌새를 보이던 이들의 마음을 떠보았어요. 한결같이 동조하며 함께 떠나기를 희망했죠. 하지만 거기까지

였어요. 이어지는 건 지긋지긋한 패턴이었죠. 탈출 계획을 위한 약속을 저버렸고, 사회 체계의 잘못된 점을 주야장천 떠들었고, 누구 때문에 이 모양이 된 거라고 줄줄이 읊었습니다. 완전히 물들어버린 그들은 구제 불능이었어요. 스스로 생각하고 행동하는 법을 모두 잊어버렸어요. 놓아버린 책임이 자신을 향한 믿음까지 사라지게 만든 거죠.

불쌍한 마음도 있었지만 그렇다고 똑같이 평생을 구질구질하게 살긴 싫었어요. 눈 딱 감고 돌아서서 혼자서 뛰쳐나왔습니다. 아마 그들은 저를 놓친 이유를 서로에게 미루느라 쫓아오지도 못했을 거예요.

편안한 지옥에서 빠져나와 곧장 찾아온 게 여기입니다. 보호가 필요했고 폭로하기 위해서죠. 털어놓고 보니 두려움이 식으면서 안쓰러움이 몰려오네요. 혹시 그들을 구할 수 있을까요? 내버려 두면 그 썩어 문드러진 곳에서 누구도 믿지 못하고 차갑게 살다 갈 거예요. 저를 포함해서 모두 사회를 어지럽힌 죗값을 받아야겠죠.

그래도 아무런 희망과 내일이 없는 컴컴한 곳에서 보이지도 않는 남에게 손가락질만 하며 사는 것보단 나아요. 아, 저희 조직을 부르는 이름이 따로 있냐고요? 중요한 걸 빼놓았군요. 〈책임 없는 낙원〉입니다. 참 적절하죠? 저도 혹했다니까요. 그리고 위치는요, 서….

냉소자의 달콤한 상상

✦ 원래, 당연, 절대 ✦

존재할 수 없는 말

"독자 여러분, 안녕하십니까. 〈5천 자 토론〉의 사회자 '공정한'입니다. 오늘은 정기 연재일이 아니었으나 긴급하게 일정을 잡고 찾아왔습니다. 현재 논란의 중심인 일명, '원당절' 금지 법안 추진에 관해 의견을 나눠보는 자리를 마련했습니다. 어딜 가도 들끓는 화제라서 모르시는 분은 없겠지만, 이해의 수준을 맞추기 위해 간단히 소개하겠습니다.

원당절, 그러니까 '원래, 당연, 절대' 이 세 가지 말의 사용이 핵심인데요. 뜻을 풀어보면 각각 '처음부터 또는 근본부터, 마땅히 그러함, 어떤 상황에서도 반드시'라는 의미를 가집니다. 좀 더 쉽게 실사용의 대표적인 예를 들어보자면 '원래 그런 거야, 당연한 거야, 절대 그렇지 않아'처럼 쓰입니다. 따로 설명이 필요 없을 만큼 평소에 늘 쓰이는 표현입니다. 대부분이 그렇다는 일반 상식을 강조할 때 자주 사용됩니다. 친근한 이 말이 지금 폐기될 운명에 처했습니다. 어떻게 된 걸까요?"

"원당절 용어에 반기를 든 세력의 이유는 이러합니다. 도대체 원래, 당연, 절대란 걸 누가 정했으며, 그것과 다르면 왜 인정받을 수 없냐는 주장입니다. 애초부터 '일반', '상식'이라는 게 잘못되었다는 거죠. 세상 사람들이 하나도 빠짐없이 모두 다른데, 어떻게 하나의 기준이 옳은 것처럼 믿고 따를 수 있냐는 겁니다. 한쪽으로 정해놓고 그와 다르면 압박하는 상황은 옳지 않다고 말합니다.

이 같은 분위기 속에서는 반대 의견은커녕 조금이라도 빗나가는 시선을 내비칠 수가 없다고 설명합니다. 소외되고 외면당할 걸 뻔히 알기에 감추고 적당히 살아가는 억압된 사람이 많다고 지적합니다. 한마디로 정해진 정답을 강요받는 사회에 우리는 살고 있다 외칩니다. 잘못된 세상을 바꾸기 위해 원당절을 쓰면 벌금을 부과하는 법이 필요하다는 안을 내놓기에 이르렀습니다. 가장 피부에 와닿는 억제책을 펴야 한다는 거죠. 심지어 과태료 액수의 상한 없이 추진 중입니다.

이제야 다양한 존중 속에 자유롭게 살 수 있겠다며 적극적으로 찬성하는 쪽과 사회를 어지럽히는 억지스러운 주장으로 세금을 늘리려는 수작이 뻔히 보인다는 반대 세력이 팽팽하게 맞서고 있습니다. '원당절 벌금제'로 요약되는 쟁점을 두고 5천 자 안에서 토론을 진행합니다. 벌써 제가 1,000자나 사용했군요. 절묘한 분량 조절을 해보겠습니다. 이게 정말 금지되어야 할 정도로 심각한 말입니까, 찬성 측 대표 '다달라'님?"

"전 이 말들이 너무 싫습니다. 서로 다른 생각을 나누다가도 얘네가 등장하면 대화가 끝나요. 거기다 뭐라고 합니까. 원래부터 당연히 절대로 그렇다는데. 더 이상 어떤 말도 통하지 않아요. 반박 불가인 거죠. 머릿속에 박혀 있는 상식을 핑계로 나머지를 모두 차단해요. 더 나아가서 남에게 강요까지 하죠. 물론 다수의 의견이 있을 수 있지만, 거기에 모두가 따라야 하는 건 우리가 바라는 세상이 아니잖아요.

한쪽으로 몰아가는 태도에는 그것으로 인해 이익을 취하는 주도 세력의 의도가 담겨 있어요. 그들이 원하는 대로 흘러가야 권력이든 돈이든 가진 힘을 유지하고 늘릴 수 있거든요. 이러다 보니 의견이 다른 사람을 그들 입장에서는 삐딱하게 보고 무시하려 들죠. 휘어잡는 데 방해가 되니까요. 개개인의 자유를 보장하려면 먼저 이 말을 없애야 합니다."

"생소한 의견 잘 들었습니다, 다달라님. 전 반대 측 대표 '다그래'입니다. 자유라고 하셨죠? 저도 거기서부터 시작해보겠습니다. 먼저 어떤 용어를 쓰든 그것도 개인의 자유 아니겠습니까? 그리고 많은 사람이 그렇다고 믿으며 평범한 수준이라고 인정하는 것도 누가 시켜서 그런 게 아니잖아요.

소수의 자유처럼 다수의 자유도 동일합니다. 물론 똑같이 서로의 입장을 표현해도 의견이 일치하는 수가 많다 보니 압박스러울 수는 있겠죠. 누가 봐도 지지가 적은 쪽이 원당절을 쓰는 건 어색할 거고요. 하지만 한쪽의 쏠림은 어떤 상황이라도 벌어질 수밖에 없습니다. 아무리 비등비등하더라도 우세한 쪽이 생기죠. 괜히 우리가 투표해서 많은 것을 정하는 게 아니잖아요. 자연스러운 상황을 막고자 억지로 표현의 자유를 억압하는 건, 오히려 우리의 자유를 스스로 부정하는 겁니다. 부분에 매몰되지 말고 전체를 봐야 합니다."

"정리하는 차원에서 몇 글자 쓰겠습니다. '자유'를 소재로 양측의 의견이 갈리네요. 다달라님은 원당절이라는 말 때문에 자유가 제한된다고 했고, 다그래님은 그 말을 쓰는 것도 자유일 뿐이라고 했습니다. 이제 원론적인 이야긴 충분하니 좀 더 독자들에게 와닿게 구체적으로 다뤄주실 수 있을까요?"

"기다리던 바입니다. 역사적으로 기록된 모든 변화와 발전은 원당절에 반대하며 이루어졌습니다. 마차에서 기차로, 자동차로, 비행기로 거듭 나아갈 수 있던 건 그때의 일반적인 상식을 부정했기 때문에 가능했죠. 혁신은 '다 그런 거야'에 의문을 품으면서 시작됩니다. 전부 다 지금에 고개를 처박고 있으면 우린 한 걸음도 나설 수 없어요. 이건 아니라는 생각으로 고개를 드는 혁신가를 좌우에서 아둔한 무리가 잡아채 누르는 격이죠.

어떤 기발한 아이디어도 원당절 앞에서는 휴지 쪼가리예요. 기존

냉소자의 달콤한 상상

과 다르면 거부반응을 일으키고 귀를 닫아버리니 답답할 노릇이죠. 맨날 창의력이니 창조경제네 입 아프게 떠들면 뭐 합니까. 이거 아니라고 불편해하며 기존에 하던 대로 돌아가는 게 일상인데요. 말은 생각과 행동에 영향을 끼칩니다. 우린 당장 원당절이라는 말을 버려야 합니다. 더 나은 미래를 만나려면요."

"죄송하지만 원활한 토론을 위해 말을 보태겠습니다. 좋은 말씀인데요, 여전히 뜬구름 잡는 것 같아서요. 정말 원당절만 없어지면 세상이 바뀔지 감을 잡기 어렵습니다. 자세히 따져볼 수 있는 사례로 말씀해주시겠어요?"

"이거 보십시오. 비주류의 의견은 매번 이런 식이라니까요. 알맹이가 없어요. 반대를 위한 반대를 합니다. 대세가 왜 대세인지 알려고 하질 않아요. 그저 중심에서 이끌어가는 주류를 비난할 뿐이죠. 제가 한번 예를 들어보겠습니다. 지나가다 만난 사람을 이유 없이 때리면 됩니까? 안 되죠. 원래부터 그랬고, 당연히 그런 거고, 절대로 그러면 안 돼요. 이걸 보고 다달라 선생님께서 그럴 수 없다, 때릴 수도 있는 거지, 무턱대고 안 되는 게 어디 있냐고 하실 건가요? 아니잖아요.

저희는 원당절을 이렇게 윤리 규범같이 선하고 옳은 것에만 사용합니다. 꼭 지켜져야 하는 것을 보호하기 위해서라고요. 함께 어울려 살기 위한 최소한의 규칙을 포기하지 않으려는 겁니다. 인간으로서 흔들리지 않는 지점을 놓치지 말아야 해요. 다 자기 마음대로 하면 사회는 발전은커녕 붕괴합니다!"

"지금 이거 빠져나가려고 딴소리하시는 거 맞지요? 더 나은 생각을 통한 발전을 이야기하다가, 뜬금없이 도덕으로 끌고 가서 두리뭉실하게 끝내려고 하시는데요. 언급하신 폭력은 이미 자유에 속하지 않아요. 남에게 피해를 주는 행위는 정당하지 않고 처벌받아 마땅합니다. 애꿎은 시도로 은근슬쩍 논점을 흐리지 말아 주세요. 저도 당장 와닿지 않는 혁신 같은 거 말고, 우리 곁의 가까운 소재로 설명해 보겠습니다. 남성은 소변을 서서 봅니다. 만약 어떠한 이유로 앉아서 볼일 보는 남자가 있다면 잘못되었다고 지적할 수 있을까요?"

"푸하하. 겨우 드는 사례가 그겁니까? 상상력이 넘치는 건 인정합니다만, 현실감이 너무 떨어지시네요. 어떤 정신 나간 놈이 앉아서 싼단 말입니까. 바로 쓱 꺼내 손쉽게 일을 볼 수 있는데요. 불편한 일을 누가 자처해요. 그런 건 당신이 여태 말한 아이디어도 뭣도 아닌 쓸데없는 짓이에요. 나아지는 게 없는 변화를 누가 원합니까. 이런 건 원당절을 가져다 붙일 가치도 없는 참 명제예요. 변하지 않는 진리라고요!"

"음… 저는 앉아서 오줌을 싸는 이유를 이해합니다. 제가 바뀌었거든요. 예전엔 집에서 화장실 청소를 할 때마다 지린내가 너무 심해 고민이 많았습니다. 아내의 권유로 앉아서 소변을 보기 시작했더니 악취가 금세 사라졌어요. 냄새의 원인은 저였고, 그동안 서서 싸면서

　　　　　　　　　　냉소자의 달콤한 상상

온 사방에 여기저기 튀기고 있었던 거죠. 심지어 수건, 칫솔, 휴지 등 욕실용품과 본인의 옷, (신)발에도 묻어요. 다그래님 말씀처럼 서서 오줌을 누면 편합니다. 하지만 모두를 위해 화장실을 위생적으로 유지하려면 변화가 필요해요.

재밌는 건 남자도 대변을 볼 때는 앉아서 소변을 봅니다. 설마 불편하게 따로따로 서서 이거 하고, 앉아서 저거 하진 않겠죠. 그럼 좀 이상하지 않나요? 죽었다 깨어나도 남자는 소변을 서서 보는 줄 알았는데, 우린 이미 가능성을 가지고 있던 거예요. 당연하다고 느끼던 점에도 모순이 있던 거죠. 그때 문득 깨달았어요. 앞뒤 없이 무조건 고집하는 게 우리의 발목을 잡을 수도 있겠구나. 원래 그렇다고 여기며 다시 들춰보지 않는 습관에 주목하게 된 계기였습니다."

"하아… 전 더 이상 어이없고 지저분한 이곳에서 말을 섞기 싫습니다. 인간의 존엄성, 남자의 자존심을 꺾으면서까지 타인을 위해야 사회가 나아지는 거라면 차라리 포기하겠습니다. 개인이 무너지는데 어찌 세상이 바로 설 수 있겠습니까. 이건 억지 논리예요. 아무리 저들이 특이한 무리라고 하지만 이거야말로 선을 넘었어요."

"다그래님, 이 토론에서 빠지시겠다는 말씀인가요? 이유를 상세하게 설명해주시지요. 어떤 부분에서 존엄성이 무너지고 자존심이 깎였나요?"

"그걸 말을 해야 압니까. 떠올려 보세요. 정신 멀쩡한 제가 급하게 화장실을 가서 똥이 마려운 것도 아닌데, 바지를 무릎 아래까지 기어코 내려서 귀찮게 걸터앉고 졸졸 오줌을 싸는 모습을요. 얼마나 구차하고 안쓰럽습니까. 남자라면 당당하게 변기 뚜껑과 시트를 동시에 팍 올리고, 휙 꺼내서 시원하게 내뿜고 털털 털어내고 나와야 하지 않겠습니까? 명확히 검증되진 않았지만, 신경 쓰이는 남자의 생명과 같은 전립선 건강 상실과 정력 감퇴는 어떻고요. 하루에도 몇 번씩 해야 하는 행위를 마음 쭈그러트리며 반복하고 싶지 않아요."

"사회자님. 저는 모든 남자가 앉아서 소변을 봐야 한다고 주장하지 않습니다. 누군가는 깨달은 뒤에 기존과 다르게 행동할 수 있다고 말하고 싶어요. 다그래님께는 본인의 편함이 우선일 수 있겠지만, 어떤 이에게는 사용하는 모두의 위생과 청결이 더 먼저일 수 있는 거니까요. 무엇이 더 옳다고 판단하기 전에, 우리에게 달라질 기회가 있는지를 말하고 싶습니다. 바로 '가능성'에 대한 이야기를 하는 겁니다.

그럴 수도 있겠다는 것이 아닌, 말도 안 된다는 시선으로는 어떤 것도 시작할 수 없잖아요. 생활의 작은 부분조차 이럴진대 고민이 필요한 사회의 큰 틀은 엄두도 못 내는 상황이죠. 덮어두고 원래, 당연히, 절대 그렇다는 분위기는 없어져야 해요. 우리가 가진 가능성을 포기하지 않기 위해서 '원래 그런 건 없다, 당연한 건 없다, 절대란 건 없다'라고 믿어야 합니다."

"한쪽에선 이미 포기하셨고, 마침 5천 자도 꽉 찬 상태라 여기서

냉소자의 달콤한 상상

마무리하겠습니다. 곧 전 국민 투표를 통해 입법화가 진행됩니다. 오늘 토론이 유권자분의 판단에 도움이 되었기를 빕니다. '원래'부터 '당연'한 국민의 권리를 '절대' 놓치지 마세요!"

– 토론이 끝난 뒤

"내가 마무리 멘트에서 원당절을 벌써 3번이나 했다고? 이거 법으로 정해지면 '절대' 안 되겠는데? 뭐? 나 또 했다고? 이거 어렵네. 워낙 토론이 일방적이라 금지 법안 추진될 각인데. 벌금 내느라 재산이 남아나는 사람이 없겠어."

위대한 도서가 사라진 이유

그에겐 마지막 희망만이 남았다. 이번에도 아니라면 더 이상 서 있을 힘이 없다. 얼마나 오래 찾아 헤매었던가. 인생을 걸고 떠난 지 벌써 수십 년. 기적을 바라며 전 세계를 돌아다녔다. 모든 걸 잃어도 이것만 손에 넣을 수 있다면 상관없었다. 그 이상의 가치로 다시 돌아올 것을 믿었기에.

어차피 실패로 점철된 삶이었다. 버티고 있어 봤자 더 밑바닥을 확인하는 일만 벌어질 게 뻔한. 그나마 쓸모 있던 몸부림 중 하나가 책 파고들기였다. 세상 살기 답답하면 글자 속으로 도망쳤다. 현실을 잊게 해주는 것만으로도 그에겐 마법 같았다. 이 책 저 책 경계 없이 돌아다니다 믿기 어려운 이야기를 접했다. 오래전에 사라진 한 권의 책, 금서의 전설.

출판도 판매도 독서도 모두 금지된 책. 전 세계 어디에서도 자취를 감췄다고 했다. 이유는 너무 위험하기 때문에. 빨간딱지가 붙은 금서답게 뚜렷한 흔적을 찾기 어려웠다. 그는 바로 이거다 싶은 생각에 그때부터 모든 걸 걸고 덤볐다. 운명적으로 느껴지는 강한 충동을 거부할 수 없었다.

세상에 흩어진 숨겨진 책에 관한 정보를 쓸어 담기 시작했다. 의미 없는 내용부터 믿기 어려운 내용까지 방대했다. 원래 그런 책은 없으니 시간 낭비 말고 정신 차리라는 이야기, 제목만 확인했을 뿐인데 부자가 되었다는 이야기. 매력 넘치는 대상을 향한 경고와 추측도 난무했다. 신의 책이라서 보고 나면 눈이 먼다고도 했고, 이미 하늘로 올라가서 지상에는 없는 게 확실하다고도 했다. 알면 알수록 꼭 손에 넣어 읽고 싶은 욕망이 가득 차올랐다. 죽기 전에 이것만 가질 수 있다면, 그의 지질하고 못난 인생도 순식간에 탈바꿈될 수 있을 것만 같았다.

몸과 마음이 홀딱 빠진 그는 여러 번 속았다. 강렬한 바람이 있는 자에겐 사기꾼이 들러붙기 마련이었다. 아낌없이 무엇이든 바칠 준비가 된 그는 딱 맞는 사냥감이었다. 그들은 하나같이 사라진 금서와의 과거 인연을 뽐내며 다가왔다.

한번은 초라한 행색의 출판사 사장이 나타났다. 자신이 바로 봉인된 책을 만들어 팔던 사람이라고 밝히면서. 전부 압수당해 남은 책은 없지만, 출판 과정을 함께했기 때문에 누구보다도 잘 알고 있다고 꼬셨다. 대가를 치르면 원하는 비밀을 알려주겠다고. 큰 비용을 치르며 만났지만, 헛소리만 늘어놓는 통에 따귀만 때려주고 돌아섰다. 사장은 되려 억울해하며 나중에 책을 찾게 되면 자신의 결백을 입증할 거라고 끝까지 발악 우겼다.

한탕 크게 벌었다는 소문이 퍼졌는지 관련 인물이 줄줄이 다가왔다. 편집자, 영업사원, 표지 디자이너. 그러다 나중엔 작가라는 작자까지. 모두 크게 받아먹고는 괴상한 소리만 해댔다. 똑같이 입을 모으는 걸 보니 제대로 짜고 몰려든 게 확실했다.

계속 앵무새처럼 같은 이야기를 반복했다. 지겹게 듣다 보니 그는 노이로제가 걸릴 지경이었다. 어릴 적 부모님에게 듣던 잔소리나 《바른생활》 책에 나와 있던 누구도 모르지 않는 정답을 쏟아냈다. 대충 다 이런 식이었다. '일찍 일어나세요. 긍정적인 마음을 가지세요. 시간을 아껴 쓰세요. 규칙적인 운동을 하세요. 물을 많이 마시세요. 사랑을 베푸세요. 뭐든 할 수 있어요. 세상은 마음먹기 나름이에요.'

여름에 덥고 겨울엔 춥다는 소리가 비밀일 리가 없었다. 너도나도 알고 있는 내용이 뭐가 해롭다고 불법으로 지정당하고 세상에서 숨어버렸을까. 만약 그렇다면 그는 당장이라도 수천 권의 금서를 앉은자리에서 쓸 수 있었다. 누구라도 생각할 수 있는 내용 따위를 담은 책이 몰수당할 리가 없었다.

귀한 보물일수록 혼란과 현혹으로 뒤덮여 찾는 자를 어지럽히기 마련이다. 허튼 정보가 괴롭히고 정신 팔리게 할수록 오히려 그의 정신은 또렷해졌다. 더불어 꼭 갖고 싶다는 욕구는 나날이 늘어갔다. 도대체 얼마나 위험한 책이기에 이렇게까지 꼭꼭 숨어 있는 걸까 하면서. 그의 눈으로 직접 보기 전까진 아무것도 믿지 않을 셈이었다.

드디어 그의 마지막 삶의 이유이자 목적을 마주하는 순간이 찾아왔다. 재산도 건강도 관계도 더 포기할 게 없었다. 남은 거라곤 오직 세상과 단절된 이 책뿐이었다. 어둡고 더러운 경로도 마다하지 않고 온 힘을 다해 구했다. 그의 간절한 사연을 알아준 암흑세계의 큰 손이 자비를 베풀었다. 깊숙하게 가지고 있던 책을 그에게 내어줬다. 조심하라는 말과 함께.

책이 담긴 검은 상자는 생각보다 가벼웠다. 그는 오래전부터 당연히 수천 페이지가 넘을 거라 예상해왔다. 가뿐하게 상자를 받아 들면서 역시 진리는 단순한 모양이구나 생각했다. 혼자만의 공간으로 자리를 옮기고 숨을 한 번 쉬었다 뱉었다. 부스러지기 쉬운 낙엽을 다루듯 아주 천천히, 그리고 조심히 상자를 열었다.

빛이 뿜어져 나오거나 폭발은 일어나지 않았다. 눈이 멀거나 눈에서 피가 나오는 일은 다행히 없었다. 가운데 덩그러니 자리한 기껏해야 이삼백 페이지 두께의 야리야리한 책이 보였다. 천천히 손을 표지에 가져다 댔다. 즉시 불타오르거나 녹아버리는 일은 벌어지지 않았다. 심호흡을 한 번 더 하고 한 손으로 책을 집어 들었다. 곧장 속을 펼치지 않고 겉을 유심히 살폈다.

제목은 특별하지 않고 밋밋하고 뻔했다. 오래 전해지는 고전도 단순한 타이틀이 많으니 그럴 수도 있지 하면서, 제목만 보고도 부자가 되었다는 놈은 거짓말쟁이구나 싶었다. 오히려 그의 눈길을 잡아끈 건 출판사명과 저자 이름이었다. 그에게 다가왔던 사기꾼들이 밝힌 것과 같았다. 찝찝한 마음에 맨 뒤의 판권 페이지를 넘겨보니 편집자, 마케터, 디자이너도 동일했다. 처음엔 단순 동명이인이겠거니 하고 넘기려 했던 그의 생각을 잡아챘다. 심장 박동이 크고 빨라졌다. 두 손으로 단숨에 펼쳐 들고 읽기 시작했다.

이럴 리가 없었다. 이 책일 리가 없었다. 그가 평생을 찾아다닌 세상의 모든 진리와 비밀을 담은 책이 이딴 내용일 리 없었다. 그를 동정하던 검은 지하의 두목도 어디서 속아서 얻은 게 분명했다. 너도 한번 당해보라고 그를 엿 먹인 게 확실했다. 모든 긴장의 끈이 투두둑 끊어지면서 주저앉았다. 남은 희망도 바람도 선택도 더는 없었다. 금서가 영원히 사라졌다고 믿든지, 아니면 눈앞의 책이라고 인정하든지 둘 중 하나였다. 첫 페이지부터 마지막 장까지 그가 처음 듣거나 모르는 내용은 없었다.

책을 덮고도 도대체 왜 세상에서 몰아냈는지 이해할 수 없었다. 해도 그만 안 해도 그만인 이야기로 가득한 종이 뭉치는 개미 한 마리 죽일 힘도 없어 보였다. 해를 끼치려면 날카롭기라도 해야 하는

데 듬성듬성 얼기설기 대충 짜인 글자의 날림으로는 누구 하나 찌를 힘이 없었다. 최후의 희망이 사라진 그는 온몸에 힘이 빠져나가는 걸 느꼈다. 그 자리에 누워 조용히 눈을 감았다. 다시는 금지된 책을 찾아다니는 그의 모습을 볼 수 없었다.

– 금서 지정 비하인드 스토리

전 세계 주요 인사가 한자리에 모였다. 세상을 어지럽히는 책이 나돌아 다닌 지 벌써 수십 년이 지났는데, 그 인기가 가라앉을 줄 모르고 더욱 기승을 부리고 있었다. 무의미한 내용으로 독자를 현혹하고 어그로(aggro: 관심을 끌고 분란을 일으키기 위한 행동)를 끌며 책 팔기 상술에 열을 올리는 사태가 도를 넘어서고 있었다. 더 이상 사회가 유린당하는 심각한 상황을 방치할 수 없어서 중대한 결정을 내리기로 의견을 모았다.

주요 사례가 브리핑 되었다. 먼저 《최고는 무엇을 한다》. 그럴듯한 이 제목은 결국 방법을 제시하지 않았다. '무엇'을 해서 최고가 되었다는 게 아니고 '그들을 살펴보니 이런 것도 하더라'라는. 혹시 그것 때문이 아니면 알 바 아니라는 식의 전개였다. 핵심 내용마저도 아무 가치가 없었다. '독서, 명상, 글쓰기, 운동, 건강한 음식 섭취, 깨끗한 물 마시기, 좋은 생각, 사랑, 배변, 숨쉬기' 등. 모르지 않기가 더 어려운 바른 습관 나열에 불과했다.

다른 샘플도 비슷비슷했다. 《성공한 사람들의 몇 가지 법칙》, 《죽기 전에 꼭 해야 할 것들》, 《실패하지 않는 절대 규칙》, 《앞서가는 자들의 생활 습관》 등. 잔소리 들으면 제일 짜증 나는 '시간 잘 지키고 열심히 노력하면서 몸과 마음을 관리하다 보면 훌륭한 사람이 될지도 모른다' 식의 스토리가 넘쳤다. 아침에 해가 뜨고 밤엔 해가 진다는 이야기로 종이를 낭비하고 정신을 망치는 글과 책은 사라져야 한다고 이견 없이 모두가 동의했다.

'자기 계발서'라 거창하게 불리던 출판 분야는 그 이후 지구상에서 사라졌다. 정말 옳다고 믿는 사람은 집에서 혼자서만 자기 계발할 수 있도록 허용했다. 남에게 어떤 식으로든 퍼트리면 엄벌에 처해졌다. 곧 선한 영향력을 펼치고 싶다고 주장하는 자들이 한꺼번에 들고 일어섰다. 삶을 건강하게 변화시킨 자신만의 소중한 비밀을 남에게 나누고 싶은 선의를 막는 건 자유의 침해라고 부르짖었다. 듣고 보니 그럴듯해서 세계 정상은 다시 모여 상의 후, 한 가지 예외 조항을 공표했다.

"무료로 자기 계발서를 배포할 때만 출판을 허용한다."

냉소자의 달콤한 상상

진정으로 남에게 필요하다고 믿고, 착한 의도라면 경제적 이익 정도는 포기할 각오를 보여야 한다고 판단했다. 그동안 문제가 되었던 건 결국 팔아먹는 쪽만 이득을 취하는 거짓된 모양새 때문이었으므로. 완벽히 금지된 것으로 알려졌지만 사실과 달랐다. 다만 목에 핏대를 세우던 자들이 조용한 탓에 아직 단 한 권의 출간도 없을 뿐이다. 이렇게 자기 계발서는 금서 아닌 금서가 되고 말았다. 예외 조건은 아직도 유효하지만 별 소식이 없다. 그저 모두 한결같은 장사꾼이었던 걸까.

국·영·수 빠진 입시 경쟁

"이거 꿈 맞지? 수능이 100일 앞인데 하루아침에 시험 과목이 바뀌다니 말도 안 되잖아!"

방금 확인한 뉴스를 보고 터져 나온 울음 섞인 절규. 오늘도 어제처럼 짜인 계획에 따라 공부를 하던 참이었다. 중요한 소식이라고 빗발치는 친구 녀석들 연락으로 하릴없이 인터넷 창을 열었더니, 이해할 수 없는 이야기가 가득했다. 도대체 이건 뭐 하자는 걸까. 가뜩이나 어른들 마음대로 만들어 놓은 세상에 맞춰 살기 위해 억지로 입시 준비하느라 힘들었는데, 이번엔 또 왜 이러는 거냐고. 직접 자리에 앉아 있는 학생 생각은 하지 않고, 그저 자기들 입맛대로 이랬다저랬다. 공부로 점수 따서 대학가라고 해서 순순히 따라줬더니 이제 와서 딴소리라니. 아니, 이건 완전 헛소리잖아!

난 인생에서 가장 중요하다는 고3이다. 지난 학창 시절은 모두 지금을 위해 설계되었다. 쌓아온 내신, 수행평가, 봉사활동, 대외활동까지 모든 준비가 끝났다. 이제 남은 건 대망의 수능뿐이다. 언제부터 시작된 시험인지는 모르겠지만, 온 나라가 그날이 되면 긴장에 빠진다. 관련된 학생과 학부모는 물론이고, 이미 지나온 어른도 수험생을 위해 하루를 조용하게 보내준다.

청춘을 찍어 누르며 놀고 싶고 쉬고 싶어도 참았다. 오로지 이날만을 위해 실력을 갈고닦았다. 모을 수 있는 정보와 다닐 수 있는 학원을 모두 섭렵했다. 날 위한 입시 전략은 완벽해 보였다. 남은 기간 집중해서 큰 실수만 없으면 남들 부러워할 좋은 대학에 들어갈 게 확실했다. 계획엔 빈틈이 없었다. 어제까지는.

일단 수학능력시험이 사라졌다. 앉아서 푸는 시험지와 답을 적어 내는 정답지가 증발했다. 수능날 온종일 앉아서 시험을 보지 않는단다. 달달 외우던 수많은 족보와 족집게 예상 문제는 말 그대로 쓸모가 없어졌다. 수능이 사라진 자리는 다른 것으로 대체될 예정이라고 했다. 뭐가 어떻게 돌아가고 있는 걸까.

아주 오래전 아버지의 고등학교 시절엔 이런 말이 돌았다던데. '하나만 잘하면 대학 갈 수 있다!' 뭐든 한 가지만 특출난 실력을 뽐내면 인정해준다며 학생의 다양한 능력 개발을 요구했었다고. 나중에 대학 입시가 끝나고 보니, 그 한 가지가 결국 '공부'로 밝혀져서 허망했다는. 괜히 딴짓 말고 시험만 준비했던 게 나았을 거라는 원성이 자자하던 웃지 못할 이야기. 우리도 이번에 뭐 그런 식으로 바뀌는 건가. 내일 학교에 가면 새로운 입시 방식을 알려준다니 들어나 보자.

"다 알아들었지? 그럼 잘해보도록."

선생님 설명을 듣고도 머리가 안 돌아간다. 친구들 얼굴을 둘러봐도 똑같이 멍하다. 이게 진짜 현실인가. 꿈이 아닌 게 맞나. 당황하지 말고 정리해보자. 과목은 2개로 줄었다. 이제 국영수 같은 건 볼 필요도 없다. 오로지 '도덕'과 '윤리'다. 누가 생각해도 당연히 옳은 답만 찍으면 무조건 만점이 나오던 껌 같은 과목.

치명적인 문제는 이론이 아닌 실기뿐이라는 거다. 시험 문제를 읽고 답을 적어내는 게 아니라, 실제 생활에서 실천하는지 보겠단다. 명백한 시험 시간도, 눈에 띄는 시험관도 없이. 오늘부터 수능날까지 보이지 않는 누군가가 우리를 관찰하고 기록한다고. 이게 트루먼쇼야 뭐야. 이렇게 감시하는 건 사생활 침해 아니냐고. 오로지 입시가 삶의 목적인 고3에게 그런 게 있지도 않지만. 힘없이 따르는 입장이니 조심조심 지내는 수밖에 없다. 그동안 해온 게 아까워서라도 대학은 들어가고 봐야 하니까. 중간에 한 번 기록을 공개한다고 하니 기다려봐야겠다.

"야, 그거 들었어? 전교 1등이 지금 위기래!"

알 수 없는 목적으로 완전히 바뀐 대학 입시가 시작된 지 벌써 50일이 흘렀다. 딱 절반이 지나자 피드백이 날아왔다. 내용은 단순했다. 도덕과 윤리 관점에서 맞게 실천한 점, 틀리게 실천한 점. 기록은 꽤 자세했다. 상세한 상황 설명과 내가 했던 행동이 적혀 있었다. 근데 모르는 게 없어 매번 앞자리에서 내려오지 않던 녀석에게 무슨 일이 벌어진 걸까. 소식을 전하는 친구 이야기를 들으니 처참했다. 길에서 마주친 이웃 어른께 인사를 안 했고, 공원에 떨어져 있는 휴지를 줍지 않았고, 지하철에서 할아버지께 자리를 양보하지 않았다고. 문제 풀듯이 했다면 당연한 답을 모르지 않았을 텐데 왜 그랬을까 싶다가, 별반 다르지 않은 내 기록을 다시 훑어봤다.

귀찮아서 분리수거하지 않고 버린 쓰레기, 버스에서 시끄럽게 듣던 음악 소리, 깜빡하고 물 안 내리고 나왔던 공중화장실까지. 실수라고 변명하기에는 알고도 모른 척 편하게 지낸 거라 별수 없다. 다만 참 까탈스럽게도 따져보는구나 싶었다. 비슷비슷하게 잘못한 나와 다르게 1등이 위험에 빠진 이유는 옳게 행동한 게 전혀 없어서란다. 난 그나마 배운 대로 행한 게 좀 있었다. 달려오는 분을 위해 엘리베이터 문을 열고 기다려줬고, 무거운 짐 들고 가시는 할머니도 도와드렸고, 지하철 탈 때 내리는 사람 먼저 빠져나온 뒤에 탑승했다. 의식하지 못하고 했던 일을 이렇게 눈앞의 성적표처럼 마주하니 묘하다. 그나저나 아는 게 많던 그 녀석은 어쩌다 저리되었을까. 남 걱정할 때가 아니지만.

앞으로 남은 절반은 어떻게 지내야 할까. 어차피 이렇게 된 거 남보다 빨리 적응해서 잘 마치고 싶은데. 주변에서 유일하게 대학에 가지 않아도 된다고 했던 아버지는 늘 이런 말씀을 하셨다. "무엇보다도 사람이 돼야 한다." 뻔한 말씀을 진지하게 하셔서 듣고 흘렸었는데, 지금 내 상황을 보니 헛된 말이 아니다.

사람이고 뭐고 수단과 방법을 가리지 않고 죽어라 공부만 해서 좋은 대학 들어가게 했더니, 사회가 엉망이 되었다는 게 정부의 입시 제도 변경의 변이다. 기본도 안 된 사람이 세상에 나와서 나라를 망치는 꼴이 반복되어 내린 특단의 조치라고. 공부 잘하는 사람이 좋은 대학을 나온다고 좋은 사람이 되지 않는다는 통계적인 검증을 마친 상태란다. 더 이상 이대로는 무분별하고 부족한 인간이 대학 타이틀에 숨어 주요 자리를 차지하고, 비인간적인 만행을 저지르지 못하게 원천 봉쇄를 하겠단다. 내년부터 하면 되지 왜 하필 올해부터 난리일까. 게다가 자기들은 이미 좋은 대학 나와서 높은 자리 다 해 먹고 있으면서 말이야. 늦게 태어난 내가 죄인이지 뭐.

하긴 공부 좀 한다고 일진이랑 붙어서 약한 애들 괴롭히는 애들 보면 걱정되긴 했다. 게네들이 나중에 판사, 변호사, 검사, 의사 같은 으리으리한 직업을 얻을 텐데 정의롭게 해낼 수 있을까 하고. 지금도 저런데 힘을 얻으면 얼마나 더 심해질까. 영화나 드라마에 많이 배운 권력자가 괜히 악역으로만 나오는 게 아니겠지? 가상 세계까지 멀리 가지 않아도 뉴스만 켜도 실제 상황이 매일 벌어지니 말 다 했지.

냉소자의 달콤한 상상

바뀐 시험 덕분에 학교 폭력도 확 줄어든 느낌이다. 예전엔 누가 누굴 괴롭히든 말든 내 공부만 잘해서 성적만 나오면 되니 신경 쓰지 않았다. 지금은 누가 봐도 나쁜 짓은 서로 자제하려는 분위기가 학교 전체에 깔려 있다. 비록 공부한 건 좀 아깝지만 바르고 옳게 돌아가는 것 같아서 할 말은 없다. 그나저나 기가 막히게 점수를 뽑아내던 입시학원은 쫄딱 망했겠다. 아니면 사람 되는 법을 가르치려고 열심히 준비 중이려나.

한창 긴장하면서 달려왔는데 요즘은 마음이 차라리 편하다. 주변을 둘러보고 나도 돌아보면서, 사람답게 살고 있나 따져보는 게 나쁘지 않다. 친구들과 맨날 경쟁하느라 제대로 된 대화도 못 나누었는데, 고민도 털어놓고 생각도 공유하면서 더 친해진 기분이다. 어떤 친구는 습관적인 거짓말이 걸림돌이라 노력 중이라 하고, 다른 친구는 새치기가 일상의 재미였는데 고쳤다고 한다. 나도 뒤에서 남 이야기하면서 스트레스 푸는 못된 버릇을 이번에야 바로잡았다. 어려운 친구가 있으면 서로 먼저 도우려고 하고, 자발적인 봉사활동도 자리가 없어서 못 할 지경이다.

이 모든 게 대학에 가기 위해서지만, 진짜 필요한 걸 배우고 있다는 생각이 든다. 온몸으로 흡수하는 학생 때 이런 걸 경험해야 어른이 되어서도 제대로 된 출발을 할 수 있지 않을까? 세상엔 사기와 술수가 판을 친다고만 알았는데, 아마 이런 교육을 받지 못하고 사회에 나가서 그런 거구나 싶다. 어쩌면 우리는 이제야 정상적인 시작을 하고 있는지도 모른다. 높은 점수가 아닌 인간으로서의 기본을 채우는 연습을 제대로 하면서. 〈사람이 되어야 갈 수 있는 대학〉. 처음엔 어색했지만 그런대로 말이 되는 새로운 입시 제도다. 중요한 게 무언지 일깨워주는. 높으신 분들이 한 건 했네. 인정!

냉소자의 달콤한 상상

3

더 이상 편리할 수 없는

필요한 불편이 사라진다면

편하려고 산다. 서면 앉고 싶고, 앉으면 눕고 싶고, 누우면 자고 싶다. 얼마나 지독하게 추구하냐면 심지어 나중에 편히 쉬려고 지금 열심히 일한다. 올지 안 올지 불확실해도 군침을 흘리며 땀을 흘린다. 만인이 바라는 편함은 쉽게 좋은 인상을 얻는다. 편한 데다 이롭기까지 한 이상적인 상태, '편리'.

편리한 삶은 가질 수 있는 최대의 행복처럼 보인다. 우리가 포함된 세상은 더 편리한 이상향을 좇아 돌진한다. 그곳엔 분명한 천국이 있을 거란 확신을 가진 채. 애쓰는 고민과 퍼붓는 돈은 조금이라도 고통을 줄이기 위해 사용된다. 느리게 견디는 못난 시간과 행동이 바로 그 대상이다. 더 오래 걸리고 더 많이 움직여야 하는 건 바보나 하는 짓이다.

발붙일 곳 없는 불편은 죄악이다. 누구 하나 거들떠보지 않고, 혹시라도 따뜻한 눈길은 기대할 수 없다. 빤히 보이는 빠른 길을 두고 멀리 돌아가면 손가락질받는다. 천천히 시간을 들여가며 음미하는 행위 따윈 허락되지 않는다. 새로운 문물을 멀리하고 해오던 방식을 고수하면 구닥다리 취급한다. 개도해야할 구시대의 유물로 분류되는 건 시간문제다.

편리를 거부하는 태도는 순리를 거스르는 악행과 같다. 각자의 속도와 리듬은 존중받지 못한다. 언제나 쉽고 편해야 인정받는다. 어설프게 질질 끌면 모자람만 드러낼 뿐 이해받지 못한다. 원하는 불편이 통하지 않는 세계는 과연 옳은 걸까.

극도의 편리만 남겼다. 모두가 원하는 그대로. 만족을 넘어환희로 이어지고 말 테다. 따라오지 못하고 방황하면 가차 없는처벌이 기다린다. 뒤처짐일 수도 있고, 따돌림일 수도 있다. 와중에 한쪽을 틀어막은 꿍꿍이는 따로 숨어 있다. 더할 나위 없는 편함 속에 지쳐 찌뿌둥함이 찾아오길 바라는 속셈.

사람이란 없는 걸 되돌려 찾기 마련이다. 흡사 유행이 돌고돌아 복고풍이 잘나가듯, 있을 땐 몰랐던 예전의 번거로움도 괜스레 소중하게 떠오르지 않으려나. 날로 먹다 보면 지난한 과정이 공연히 그리워지진 않을까 싶어서. 나른한 주말이 기다려지는 건 빡빡한 평일이 있기 때문이니. 신속한 신세계에서 느긋한 반전을 기다린다.

달콤한 눈 뜨고 달리기

그는 완전히 달라졌다. 더 이상 남에게 뒤처질 일은 없다. 밤이 사라진 그에겐 불가능이 사라졌다. 얼마나 기다리던 순간이었는가. 항상 또렷하게 뜬 눈으로 원하는 걸 할 수 있다. 잠이 사라진 그에게 세상은 가능성으로 넘쳤다.

그가 싫어하는 건 오로지 '잠'이었다. 어려서부터 "이제 자야지?"라는 부모님의 권유 같은 재촉이 미웠다. 아직 하고 싶은 게 많은데, 하나도 안 졸린데 왜 꼭 불을 끄고 누워야 하는지 알 수 없었다. 더 이해할 수 없는 건 밤에 자 버릇하면서 적응된 몸뚱이였다. 정해진 시간만 되면 바람 빠진 풍선처럼 기운이 사라지며 전기 나간 기계같이 잠들었다. 어쩌다 기를 쓰고 밤을 새우면 이틀은 죽어나서 따지면 손해였다. 조금이라도 무리를 하면 낮이어도 졸렸다.

밤잠도 증오하는 그에게 낮잠은 자괴감을 주었다. 어쩌자고 금쪽같은 낮에 눈을 감았을까 하면서 온종일 자책했다. 기가 막히지만 낮

잠을 잔 날도 밤에는 잠이 여전히 찾아왔다. 자지 않으면 살아갈 수 없는 비루한 인체가 한심했다. 권장된 하루 8시간 수면이 그에겐 한시적 마비와 같았다. 나머지 16시간을 아무리 애를 쓰고 동동대며 살아도, 어김없이 던져질 어두운 멍한 시간이 원망스러웠다. 너만 없으면 더 잘 살 수 있을 거라는 뜨거운 욕망을 하릴없이 눈을 감을 때마다 터트렸다.

그의 인생은 바쁘다. 무언가를 위해 노력하고 증명한다. 증명은 남과의 경쟁으로만 가능하다. 딱히 누가 시킨 건 아니지만 그래야 그가 만족한다. 어려서부터 계속 그래 왔다. 배우는 학창 시절엔 점수나 등수 따위로 자신의 존재를 줄 세웠다. 숫자로 앞서 나가면서 충실하게 살아간다고 믿었다.

사회에 나간 지금도 변함없다. 고과, 연봉은 물론이고 자산의 크기로 인생의 가치를 매긴다. 남보다 앞서면 기분이 좋고, 의미 있는 삶을 살아간다고 판단한다. 뒤처지는 상황이 오면 미친 듯이 집중해서 짜낼 수 있는 모든 노력을 다한다. 아무 노력 없이 한탄만 하는 놈을 제일 싫어한다. 불평불만할 시간에 움직여도 모자랄 판에 징징대는 모습이 한심하다. 버려지는 징징이의 시간을 차라리 그에게 팔면 좋겠다는 생각을 매번 한다.

어쩌면 잠에 박힌 그의 혐오는 당연했다. 최선을 다해도 어쩔 수 없는 시간. 딱 이것만 없다면, 무용한 그때를 내 것으로 만들어 활용할 수 있다면, 긴긴밤을 새워 노력할 수만 있다면. 그렇게만 된다면 남을 완전히 제압할 수 있을 것만 같았다. 똑같은 시간에 박 터지게 싸워서는 압도적인 승산이 없었다. 세상엔 그와 같이 눈 떠 있는 시간을 백 프로 활용하는 경쟁자가 너무 많았다. 미라클 모닝이니 하루를 새벽 4시 30분에 시작한다느니, 어떻게든 잠을 줄이려고 발버둥 치는 사람이 넘쳤다.

덜 자기 위해 갖은 용을 쓰는 자는 모두 그와 같은 생각을 하고 있었다. 자야만 하는 인체의 약점을 슬퍼하며, 조금이라도 보완해서 눈을 길게 뜨고 있고자 했다. 남보다 적게 자야만 그만큼 앞서갈 수 있다는 데 전적으로 동의했다. 달려 나가도 모자랄 때 멈춰야 하는 절망감과 자고 일어났을 때 드는 실망감에 완벽히 동감했다. 잘 때마다 게으름에 찌든다고 여겼다. 세상은 이들의 잠을 향한 원성에 화답하기 시작했다.

과학은 잠을 천천히 줄여갔다. 처음엔 눈뜨고 있는 시간을 늘렸다. 쉴 새 없이 깜빡이며 정신 집중을 방해하는 눈꺼풀을 억제했다. 1분 20회, 하루면 2만 회 가깝게 감았다 뜨는 걸 최소한으로 바꿨다. 절반 이하로 줄여도 눈물을 분비해서 빛, 먼지 등으로 각막을 보호하는 데 충분하다는 연구 결과를 따랐다. 덜 깜빡이면서 더 집중할 수 있었다. 졸리면 저절로 감기는 눈꺼풀을 추켜올리기 위한 시도도 이어졌다. 눈 밑에 바르는 눈파스부터 임시 고정 지지대까지 시중에 쏟

냉소자의 달콤한 상상

아졌다. 주요 고객은 남보다 눈을 더 뜰 수만 있다면 어떤 도전도 할 수 있는 그를 포함한 강한 의지의 소유자였다.

눈 뜬 시간을 장악하자 잠의 영역으로 손을 뻗었다. 잘 때 꾸는 꿈이 현실에 방해가 된다는 데 의견을 모았다. 꿈 없이 정확히 휴식만 취할 수 있다면 잠자는 시간을 대폭 줄일 수 있다고 판단했다. 지난한 과정 끝에 REM(Rapid Eye Movement Sleep) 수면을 잘라내는 데 성공했다. 꿈을 꿀 때 접어드는 REM 수면 상태를 없애면 꿈꾸지 않고 보다 짧게 잠을 잘 수 있었다. 사람마다 달랐지만 평균 10~20%의 자지 않아도 되는 시간을 확보했다. 눈 감고 꾸는 몽상의 시간을 아까워하던 현실가들은 열광했다. 8시간 모두 자는 사람은 게으름뱅이로 치부됐다.

암을 정복하려는 움직임과 다르지 않았다. 잠을 꺾어야만 인류가 살아남을 수 있다고 믿었다. 전 세계가 주목했고 돈이 흘러들어 왔다. 따라가지 못하면 국가는 물론이고 개인의 격차는 계속 벌어졌다. 그는 누구보다도 열성적이었다. 최첨단 기술과 상품을 받아들이며 잠을 삭제해갔다.

그런데도 불안은 깨끗이 사라지지 않았다. 그가 누리는 모든 것은 다른 경쟁자도 얼마든지 사용할 수 있었다. 다 같이 나아지는 건 아무 소용이 없었다. 깨어 있는 시간이 똑같다면 그들과의 차이는 벌릴 수 없었다. 소원대로 잠은 줄어갔지만 더욱 절박해졌다. 혼자서 앞서

나가지 못하면 끝이 없는 경주였다. 그는 홀로 이기고 싶었다. 뒤집을 수 없는 완벽한 승리를 원했다. 결국 그는 모든 것을 걸고 비밀리에 검은 투자를 진행했다. 오직 자신만을 위한 프로젝트였다.

성공했다는 소식이 담긴 상자가 그에게 도착한 건 어제였다. 이미 많이 줄어든 잠이었지만 이마저도 아까워서 하루하루 낭비하는 기분에 슬퍼하던 그였다. 누가 볼세라 집안을 모두 가렸다. 대부분 쓸데없는 잠을 자러 간 한밤중이었다. 천천히 내용물을 꺼내 살폈다. 두툼한 보고서와 검은 액체가 든 약병 하나. 한 장씩 넘기며 고되게 기다렸던 지난 세월에 의미를 부여했다. 전 재산과 오랜 시간이 전혀 아깝지 않을 결과물이 들어 있었다. 환희에 가득 찬 그는 마지막 장에 이르러 멈칫했다. 바로 집어 들고 삼키려던 몸짓을 거두었다. 어떤 고민도 오래 끌지 않고 거침없이 앞으로 나아가던 그는 밤새 고민했다. 심지어 이미 사라져 버린 꿈까지 꾸면서.

오랜만에 길게 자고 일어난 그는 맑은 정신으로 약병을 열었다. 눈을 뜨는 순간 마음을 정했다. 더 이상 눈을 감았다 뜨는 일은 그에게 필요 없었다. 그가 원하던 삶이 이 작은 유리병 안에 가득했다. 목구멍으로 흘려보내자 그동안 자면서 버려진 장면이 주마등처럼 스쳐 지나갔다. 다시는 돌아보지 않을 쓸모없는 시간. 기어코 잠을 지배했다. 그는 잠을 없앤 최초의 인간이었다.

아무나 선택할 수 없는 대가를 치러야 했지만 그렇기에 더욱 의

냉소자의 달콤한 상상

미가 깊었다. 원하지 않는 잠을 자며 뒤떨어질까 전전긍긍하는 삶은
이제 없다. 누구도 그보다 더 큰 노력을 할 수 없다. 경쟁자가 아무리
쪽잠을 자고 덤벼도 그에게 맞서지 못한다. 유일한 존재가 되어 우뚝
선 그에겐 최후의 경고는 전혀 치명적이지 못했다.

"잠을 없애는 약을 개발했습니다. 다만 잠이 사라진 만큼 수명도
단축됩니다. 결정은 당신의 몫입니다."

그는 완전히 달라졌다. 더 이상 남에게 뒤처질 일은 없다. 밤이 사
라진 그에겐 불가능이 사라졌다. 얼마나 기다리던 순간이었는가. 눈
을 감고 흘려보내는 시간이 죽을 만큼 아까웠는데 이제 모두 돌려받
았다. 쓸데없이 알람을 맞출 일도 없어졌다. 항상 또렷하게 뜬 눈으
로 원하는 걸 할 수 있다.

마음 같아서는 먹는 시간도 줄이고 싶지만, 기술의 발전은 거기
까지 미치지 못했다. 주어진 하루 전체를 온전하게 살 수 있는 날이
찾아왔다. 해가 뜨고 지는 섭리에 맞춰 깼다 자는 반복이 지겨웠는데
드디어 해방되었다. 잠이 사라진 그에게 세상은 가능성으로 넘쳤다.

하루 세 번 식사 알약 삼키기

　어제는 세 놈밖에 잡지 못했다. 먼저 방구석에서 유통기한이 10년도 더 지난 라면을 끓여 먹던 녀석. 야릇하고 지독한 냄새만큼이나 악랄한 음식 뒷거래상이 여전히 살아 있는 모양이다. 다른 하나는 산책하는 척하며 하나둘 모은 산나물을 무쳐 먹던 녀석. 풀 비린내 나는 세균 덩어리가 뭐가 좋다고 악다구니처럼 챙겨 입에 넣는지 참. 마지막으로 산골에서 몰래 키우던 닭을 잡아먹던 녀석. 더 이상 어길 법이 없을 정도로 모든 불법을 다 저질렀다. 개인 소유 불가능한 식용 동물을 데리고 있는 것도 모자라서, 직접 도살하고 조리해 입안에 쑤셔 넣는 순간에 극적으로 체포했다. 세상이 바뀐 지가 언젠데 아직도 이런 놈들이 살아 있는지. 괜히 말세가 아닌가.

　전에는 참 많이도 먹는 거로 싸웠다. 누군 고기를 먹지 말자고 하고, 누군 고기 없이 못 산다고 하고. 풀만 먹는 극단주의부터 우유와 계란까지는 된다는 중립론까지. 어차피 지금 보기엔 모두 중범죄지만. 누가 무엇을 얼마만큼 먹든 간에 주변의 생물을 소비하는 식으로는 지구가 계속 망가질 수밖에 없었다. 과학기술의 발달과 세계 정부의 결단으로 딱 10년 전 세상은 변했다. 누구도 음식으로 고민할 필요 없고 생태계를 아프게 할 수 없게 되었다. 이젠 아무도 다른 생물을 입에 넣지 않는다. 하루에 세 번 '식사 알약'을 꿀꺽 삼키면 끝이다.

옛날이야기처럼 전해오는 구태의연한 농담이 떠오른다. '뱃속에 들어가면 다 똑같아.' 대충 재료만 비슷하면 삶아 먹든 튀겨 먹든 먼저 먹든 나중에 먹든 어쨌든 먹고 나면 소화되어 같은 영양소일 뿐이라는 말이다. 심각하게 동의했었다. 맛이고 식감이고 다 떠나서 몸속에 필요한 물질을 제공하는 행위일 뿐인데 뭘 그리 따지고 고민하는지 이해하지 못했다. 과거의 냉소적 유머가 현실이 되어버린 지금 너무도 편하다. 먹고 싶은 음식을 원하는 방식으로 적절한 영양성분 비율까지 고르면 내게 딱 맞는 개인용 식사 알약을 얻을 수 있다. 먹고살자고 하는 짓에서 그 '먹고'가 세상에서 제일 쉬운 일이 되어버린 셈이다.

누구보다 환영했던 난 똑똑히 세고 있다. 세상을 바꾼 변화가 가져온 수많은 좋은 점을. 쓰지 않는 단어가 돼버린 기아 문제는 역사 속으로 간편하게 사라졌다. 안 먹는 사람은 있어도 못 먹는 사람은 이제 없다. 육식이 만드는 문제라고 공격받던 기형적인 식량 생산 체제도 온데간데없다. 소 한 마리를 키우는 데 쓸데없이 많이 들어가는 식물로 낭비되는 에너지와 과한 탄소 발생이 어쩌고 하던 연구 결과도 이젠 필요가 없다. 돼지우리 속 가득하던 돼지, 한 치도 움직일 곳 없던 닭장 속의 닭은 박물관에나 가야 모형으로 구경할 수 있다.

잘못된 식습관으로 생기던 당뇨, 비만, 심장병도 자취를 감췄다. 일부러 아파서 죽으려고 하지 않는 한 균형 잡힌 영양소가 들어 있는 식사 알약으로는 그런 병에 걸릴 수가 없다. 그뿐만이 아니다. 신선한 음식을 먹겠다는 전 인류의 욕구에 맞추느라 냉장, 냉동 상태로 보관하고 유통하던 무지막지한 연료 낭비가 단숨에 해결됐다. 더불어 유통기한 문제도 없으니 음식물 쓰레기도 없고, 상한 음식을 잘못 주워 먹어 걸리던 식중독도 없다. 남은 음식을 저장하던 플라스틱 용기도 눈을 씻고 찾아도 볼 수 없다.

가정에도 평화가 찾아왔다. 식단 고민부터 식사 준비와 설거지에 필요한 모든 노동에서 벗어났다. 잠깐 반짝였던 밀키트 업체와 식기 세척기 제조사엔 슬픈 일이었지만. 아, 이도 안 닦아도 된다. 식후 3분, 하루 3번 양치질을 아무도 배우지 않는다. 이를 썩게 할 물질이 닿지 않으니 필요가 없다. 종종 쓰지 않는 치아의 퇴행을 막기 위해 정기적으로 입 운동을 해야 하지만, 무시무시했던 충치의 아픔과 더 두려웠던 치과 진료 비용의 공포를 떠올려보면 불평할 여지가 없다.

반대쪽에선 여전히 억지를 부리고 있다. 먹는 행복감을 잃었다고 징징댄다. 식사 자체의 즐거움을 상실했다고 슬퍼한다. 혀와 이빨로 물고 씹던 게 사라졌다고 세상이 끝난 듯 허망해한다. 입안 가득 품던 포만감과 꿀꺽꿀꺽 마시던 청량감이 없어져서 아쉽다고 한다. 음료도 알약에 고농축되어 담기면서 괜히 질질 흘리며 마시지 않게 되었는데도. 이 정도는 약과다.

혹자는 애매모호한 개념을 들이대기도 한다. 같이 먹는 시간의 소중함을 빼앗겼다며 절규한다. 사랑하는 가족, 지인과 오순도순 모여 정성스럽게 마련한 음식을 가운데 두고 다정하게 이야기를 주고받던 시절이 그립다고 한다. 그들은 벌써 모두 잊은 모양이다. 가장 많이 싸우고 다투고 체하고 휙 돌아서던 전투의 현장이 식탁 자리였던 것을. 온 친척이 모이는 명절날에도 음식 준비와 설거지 때문에 늘 갈등이 생기지 않았던가? 하긴 지나고 나면 좋은 것만 덩그러니 남겨서 그때가 좋았었지 하는 게 우리 인간이라는 종의 특징이니. 밥상머리에서 괜히 허송세월하던 시간이 절약되었고, 다 먹고 날 때마다 눈치 보며 '그래서 설거지는 누가 할 건데?'로 시작되던 부부 싸움도 사라졌다. 도대체 뭐가 불만인지 모르겠다.

제일 궁금하고 신기한 건 사실 따로 있다. 식사 알약이 생기면서 최고 기쁜 건 이거다. 먹는 거로 온갖 무슨 무슨 주의자끼리 벌이던 의미 없고 소모적이던 다툼을 보지 않아도 된다. 어차피 결국 다른 생명을 뺏는 건데 누가 더 나쁘다고 서로 흉을 보는지 참 웃겼다. 차라리 평생 금식을 한다면 모를까. 육식주의자야 씹는 맛이 없어졌다고 불평하는 건 이해가 된다.

눈길이 가는 건 반대에 있던 채식주의자다. 고기를 먹는 사람 때문에 세상이 망가진다던 그들이라면 식사 알약을 두 팔 벌려 찬성할 법한데 잠잠하다. 역시 누군가의 날카로운 판단처럼 그저 세상을 위한다는 착각 속에서 남보다 좀 더 교양 있어 보이려고 했던 얕은 수작이었을 뿐일까? 인류의 친구 동물도 괴롭히지 않고 더 나아가 식물도 죽일 필요가 없어졌다. 살생이 없는 전대미문의 평화의 시대다.

문제가 말끔하게 해결되었는데 왜 적극적인 동조를 하지 않을까. 원했던 건 적당히 먹는 즐거움도 챙기면서 환경을 보호하는 선한 입장도 취하자는 복합적인 욕심이었을까. 절묘했던 가면이 쓸모없어지고 나니 허망해져서 등장하지 않는 걸까. 설마 이들도 먹는 재미를 빼앗겨서 아쉬운 걸까. 아니면 자신을 드러내며 뽐내던 식사 무대가 없어져 충격을 받은 걸까. 뭐가 되었던 그 많던 이가 다 어디서 뭐 하는지 모르겠다. 몰래 어디선가 게걸스럽게 풀을 뜯어 먹으며 이러지도 저러지도 못하고 있나 싶다. 나중에 고기 맛 알약이 사람의 정신을 사납게 만든다는 주장을 들고나오려나.

아무튼 세상은 달라졌다. 먹는 데 들이는 시간과 정성은 미미하다. 더 고귀한 곳에 우리의 체력과 정신을 사용한다. 소화한다는 핑계로 졸면서 정신을 놓거나 필요 없는 휴식을 하지 않는다. 낭비가 사라지고 집중이 늘었다. 그런데도 정신을 못 차리고 과거를 그리워

냉소자의 달콤한 상상

하는 못난 놈이 온갖 기상천외한 불법을 저지른다. 오죽하면 나 같은 전문 '음식 범죄 경찰'이 생겼겠는가. 지금도 여기저기서 몰래 먹고 마시면서 세상을 망치는 흉악한 인간이 있다. 소중한 다른 생명을 함부로 대하며 자기 본능만 채우려 드는 사람 같지 않은 존재. 예전엔 판단력이 부족한 그들이 안쓰러웠었는데 이젠 그런 감정도 아까워졌다. 남김없이 죗값을 받도록 응징하려 한다.

　오늘 아주 큰 거래가 있다는 제보를 받았다. 대규모로 동식물이 오고 가는 암시장이 열린다고 한다. 드디어 어둠 속에 숨어 있던 이름도 잔인한 〈잘 먹고 잘 살자〉 조직의 실체에 닿을 기회가 왔다. 모든 문제가 해결되는 만능 해결책 식사 알약을 무시하고 자신의 욕망만 채우려는 놈들을 용서치 않겠다. 기본적인 인간성조차 의심되는 잔인무도한 범법자 무리를 몽땅 잡아버릴 테다. 이렇게 중요한 날의 아침 식사로는 언제나 변함없이 행운을 주는 '엄마 손맛 김칫국 백반' 한 알이 딱 맞겠지. 뜨거운 정의의 맛을 보여주겠다. 아뵤!

✦ 절대 운동 국가 ✦

운동하지 않는 자 먹지도 말라!

여보세요? 제 목소리 잘 들리나요? 겨우 빠져나와서 하는 전화니, 언제까지 말할 수 있을지 몰라요. 붙잡혀갈 때 가더라도 할 말은 해야겠어요. 그곳에 있는 누구라도 상황의 심각성을 깨닫고 뭐라도 좀 해주면 좋겠어요. 어렵게 구한 번호예요. 이쪽으로 이야기하면 높은 데까지 전해질 수 있다고 들었어요. 마지막이라고 생각하고 다 털어놓으려 해요. 저 한 사람의 희생으로 이 나라를 바꿀 수만 있다면 뭐든지 하겠어요. 여기는 완전히 미쳐 돌아가고 있어요. 끝까지 끊지 말고 마음을 열고 귀 기울여줘요. 목숨을 건 자의 용기를 가상하게 여겨서라도. 그들이 날 찾는 건 시간문제니, 이제부터 똑똑히 새겨듣기를 바라요.

"운동했어?" 언제부터 우리가 인사를 이렇게 했나요? 요즘엔 다들 얼굴만 보면 이래요. 따뜻한 정이 넘치던 "밥 먹었어?"가 사라진 지 아주 오래되었어요. 밥보다 운동을 더 중요시하게 된 거죠. 이게 말이나 된다고 생각해요? 먹어야 살지, 운동해야 삽니까.

밥 먹으면서 얼굴 보고 이야기 나누며 가까워지던 게 먼 옛날이 돼버렸어요. "다음에 밥 한번 먹자!"라고 다시 만날 날을 기약하며 돌아섰던 게 엊그제 같은데 이젠 누구도 그러지 않아요. 하나같이 다들 "다음에 운동 한번 하자!"라며 무시무시한 약속을 나눈다고요. 이게 다 운동을 어떤 것보다도 최고로 삼으면서 달라진 겁니다. 세상이 잘못돼도 한참 잘못 흘러가고 있어요. 밥은 물론 사람보다도 항상 운동이 먼저예요.

당신네 정부가 그랬죠. 〈운동하지 않는 자, 먹지도 말라〉고. 이 과격한 캐치프레이즈를 곳곳에 내걸고 우리를 거친 육체 활동으로 몰아댔죠. 그럴싸한 이유를 들이대며 강압적으로 밀어붙였다고요. 더 이상 운동으로 예방할 수 있는 건강 문제를 방치하지 않겠다고. 전 국민이 규칙적인 운동만 제대로 해도 질병과 비만, 심지어 노화까지 막을 수 있다고 외쳤죠. 그놈의 과학 실험 결과가 확실히 보장한다면서요. 얼마나 작정하고 모두를 쪼아대는지 게으른 공무원이 맞나 싶어질 정도였죠. 선거 전 공약은 그렇게 쉽게 까먹더니, 어찌 된 일인지 이번 방침은 가슴에 새긴 듯 철저하게 지키더군요. 운동하지 않으면 정말 밥을 먹을 수 없게 사방을 꽁꽁 막고 있어요.

어딜 가도 운동 여부를 확인받아야 해요. 어느새 심어둔 개인별 센서로 감지되는 모든 정보가 공유되고 있죠. 권장 운동 수준, 최근 운동 현황, 현재 몸 상태. 당장 채워져야 할 운동량이 부족하면 어디서도 퇴짜예요. 마트에서 식료품 사는 것도, 식당에서 음식을 주문하는 것도 전부. 편의점에서 군것질도 마음대로 못 해요. 술을 사기 위해 신분증 검사하듯 운동량을 채웠다고 증명해야 한다고요. 먹을 것 사려고 계산대 앞에서 모자란 스쿼트와 푸시업 하는 모습이 흔해요. 지금 웃음이 나와요? 이게 웃기냐고요. 우린 지금 심각해요. 식량 배급받는 것도 아니고 내 돈 주고 먹을 걸 마음대로 못 사는 현실이 지긋지긋하다고요.

잊을 만하면 따끔따끔하게 울려대는 운동 개시 신호는 어떻고요. 어떤 알람 소리보다도 끔찍해요. 정확하기로는 이슬람교의 하루 5번 기도 시간 저리 가라예요. 시간이 되어 울리면 어떤 상황이건 바로 몸을 움직여 땀을 내기 전까진 멈추지 않죠. 화장실에서 힘주고 있을 때 신호가 오면 까무러칩니다. 예외라곤 눈곱만치도 없다고요.
처지가 어떻든 간에 운동을 못했다는 정보가 쌓이면 바로 무시무시한 상황이 벌어지죠. 벌건 경고장이 날아오고 다음에는 어마어마한 벌금이 청구돼요. 교통 신호를 무시하거나 뺑소니를 쳐도 이렇게는 안 한다고요. 어떤 정치인의 말마따나 이제 '숨쉬기 운동 말고, 숨 쉬듯 운동하는' 세상이 온 거죠. 죽기 전까지 운동의 늪에서 벗어날 수 없어요.
불이익과 제약 사항은 끝이 없어요. 어쩜 그렇게 아이디어가 통

냉소자의 달콤한 상상

통 튀는지 생각할 수 있는 모든 곳에 걸어두었더라고요. 요즘 열심히 일하시나 봐요. 개인이든 사업자든 세제 혜택을 받으려면 권장 운동 수준을 꼭 맞춰야 합니다. 회사도 구성원의 운동량이 미달하면 바로 세금폭탄이라고요. 취업 면접 때 체력장을 꼭 치르는 이유가 있는 거죠. 그것뿐입니까. 학교에서 성적 비중이 국영수를 다 합해도 체육 실기를 넘질 못해요. 대학에서 원하는 게 변했거든요. 자기 대학생이 운동을 좋아해야 학교 재정에 무리가 없거든요. 한마디로 운동 안 좋아하면 대학도 못 가고 직장도 못 얻는 상황이죠.

자연스럽게 사람의 인기와 매력의 척도도 그쪽으로 넘어갔어요. 요즘 당선되는 정치인 중에 몸 나쁜 사람 찾기 어렵잖아요. 후보가 철인 3종 경기 선수 출신이면 떼놓은 당상이죠. 고대 그리스에서도 못 이룬 플라톤의 '철인정치'를 21세기가 되어서야 어이없게 마주할 줄 누가 알았겠냐고요. 어차피 같은 철인 아니냐고요? 그 철인이랑 이 철인이랑 같습니까. 말을 맙시다.

알아요, 알죠. 건강해지면 모든 개인한테 좋은 거죠. 건강이 최고라는 거 더 이상 강조하지 않아도 충분해요. 각종 성인병부터 심지어 암까지 자취를 감추고 있다는 거 잘 알아요. 당신들이 쉬지 않고 매체에서 떠들어댄 덕분이죠. 주변에도 아파서 돌아가신 분이 현저히 줄었어요. 상갓집을 가본 적이 언제인지 기억이 안 날 정도죠. 아프지 않고 신체 능력이 향상되니 사회 분위기도 밝고 다 좋다고요. 기대 수명도 급증해서 백세 시대를 훌쩍 넘어서고 있죠. 벽에 똥칠할 때까지 사는 게 아닌 건강하게 제 발로 걷다가 가는 인생이 훨씬 낫다는 거 인정한다고요. 이런 걸 부정하자는 게 아니에요. 전 자유에 관해서 이야기하려는 겁니다.

우리가 무슨 로봇입니까? 정해진 대로 시키는 대로 꼭 해야만 하냐고요. 원하지 않는 걸 해야 한다면 그 아무리 좋아도 억압 아닌가요? 병들고 힘들어 죽더라도 운동이 싫은 사람은 어떡합니까. 몸을 움직이는 것 자체가 고통스러우면 어찌하냐고요. 건강이고 뭐고 당장 눕고 싶고 당장 먹고 싶다고요. 그게 살이 되어 돌아오든 병이 되어 돌아오든 책임지겠다니까요.

저만 그런 게 아니에요. 아예 못 살겠다고 숨어버리는 사람이 얼마나 많은지 모르죠? 불법 수술로 몸에 박힌 센서 다 제거하고 꿈적도 안 하고 남은 생을 살겠다는 무리가 여기저기 모여 있다고요. 어두운 은둔처의 규칙은 오직 하나랍니다. 움직이지 않기. 지인의 제보에 따르면 천국이 따로 없다고 해요.

저처럼 숨지 않은 채 제한받는 자유를 부당하다고 외치는 목소리도 커지고 있어요. 이건 명백한 차별이라고요. 하나의 잣대로 전부 다른 사람을 멋대로 판단하고 있잖아요. 누군가에겐 건강이 무조건 최우선이 아닐 수도 있어요. 아무리 해도 운동이 좋아지지 않을 수도 있고요. 이런 취향의 존중 없이 건강을 무기로 억누르는 건 옳지 않

냉소자의 달콤한 상상

아요. 이게 자유의 나라가 맞습니까? 우리에게 마음대로 살 권리가 있기는 하냐고요. 개인이 선택할 공간을 주세요. 덜 움직이고 더 아파도 좋으니 그렇게 할 수 있는 틈을 달라고요. 배 나오고 골골댄다고 주변에서 눈치를 줘도 좋으니 편하게 살 수 있게만 해줘요. 단지 그것뿐입니다. 잃어버린 자유를 되찾고 싶어요.

자, 시간이 되었어요. 여러 번 누적된 운동 경고음 무시로 이제 그들이 몰려올 거예요. 누구긴 누구예요. 당신들이 고용한 운동 감시자들이죠. 건강한 운동 생활 습관을 기르게 해준다는 명목으로 국가에서 고용하는 우락부락한 놈들. 잘 들어요. 이 전화를 끊고 나면 사회가 달라질 때까지 숨을 겁니다. 그깟 운동 안 하고 비리비리 살다 일찍 죽어도 좋으니 느릿느릿 게으르게 살고 싶어서요.

오늘 들은 이야기 꼭 명심하고, 할 수 있는 한 위로 올려서 들려줘요. 누군가는 당신들의 선의와 걱정을 불편해하고 원하지 않는다는 걸요. 세상엔 모두에게 맞는 절대의 선(善)은 없어요. 놀라는 당신 반응을 보니 누군가 운동을 이렇게까지 지독히 싫어할 줄 몰랐죠? 건강을 포기하면서까지요. 그게 사람이에요. 다 똑같지 않다고요. 좋은 걸 알아도 싫을 수 있어요. 운동을 제대로 하지 않아 힘도 없는 제가 감히 강력한 경고를 할게요. 운동이 삶의 최고 덕목이 아니어서 평화롭던 그때로 되돌려줘요. 버티지 못한 자들이 하나둘 다 떠나기 전에.

쿵쿵쿵. 아이코, 힘만 센 저분들. 저러다 문 부수겠네. 이제 정말

끊습니다. 언젠가 강제 필수 운동이 사라지면 돌아와서 꼭 감사 인사를 전할게요. 으악! 뇨, 이놈들아! 날 좀 내버려 둬, 덩치들아! 내 몸은 내가 움직이고 싶을 때 힘줄 거라고! 뚜뚜뚜….

냉소자의 달콤한 상상

사랑이 고픈 자의 선택

식탁에 마주 앉은 우리는 한곳만 바라봤지. 누구랑 있든지 상관없이 말이야. 친구든, 동료든, 가족이든 심지어 연인이든. 세상 모든 재미있고 중요하고 의미 있는 일은 그곳에서 벌어졌어. 손을 뻗으면 닿을 거리에 있는 자에겐 흥미가 없었지. 그래 봤자 겨우 직접 아는 사람에 불과했거든. 옆에 있는 그들도 나와 똑같은 생각이었어. 아니었다면 나를 바라보며 자기 좀 봐달라고 했을 테니까.

음식을 기다리는 동안에도 각자 넓은 세계를 자유롭게 유영하느라 바빴고, 먹을 게 차려진 다음에도 똑같았지. 한 손엔 스크린을 꼿꼿하게 잡아 세워 시선을 고정하고, 밥을 먹을 때만 잠시 흘깃거리며 퍼서 입에 넣고. 그나마 예쁘고 멋진 맛집에 가면 아주 잠시 말을 했어. "잠깐, 사진 찍게 기다려봐. 올려야 해." 너도나도 바라는 게 같아서 군말은 없었지. 원하는 장면을 남기고 나면 다시 고정 자세로 돌아갔어. 방금 열심히 포장해서 수많은 이에게 공개한 빛나는 모습에 대한 반응을 두근두근 기대하면서.

모두가 그러느라 눈앞의 음식이 식어 빠지는 일이 많았지만 아무도 신경 쓰지 않았어. 그깟 현실의 차가움보단 인터넷 속의 뜨거움이 훨씬 중요했으니까. 입으로는 먹는 둥 마는 둥 해도, 보이지 않는 진짜 친구들에게 사랑을 듬뿍 받아먹으면 배가 불렀어. 만족할 만큼 차오르면 기분 좋게 자리에서 일어나 헤어졌지. 여전히 제대로 눈도 마주치지 않은 채, 화면을 바라보고 손짓으로 인사하며. 언제든 만날 수 있는데 굳이 더 정성 들일 필요는 없었으니까.

어때, 익숙하지? 포근하게 남아 있는 애틋한 장면이야. 이제는 추억이 돼버린 행복한 모습. 사랑에 목마른 나에겐 끝없는 친구들을 만나면서 세상을 만끽하던 시절이었지. 갑갑하고 단조로운 뻔한 일상을 탈출하는 경험을 언제든 할 수 있었어. 물론 바로 옆에서 사랑하는 사람을 직접 느끼며 함께 있는 것도 좋지. 그게 별로라거나 덜 중요하다는 이야기는 아니야. 그들과는 가까이 붙어 있으니 우린 이미 충분히 사랑을 주고받고 있어.

하지만 그게 전부잖아. 난 그거론 부족했고 더 많이 원했을 뿐이야. 좋은 걸 더 많이 갖고 싶은 건 당연한 거 아닌가? 그래서 그땐 그랬어. 더 많은 사랑을 받고 싶어서 보여주기 좋고 눈길을 끌 만한 곳을 찾아다녔어. 손잡을 수 있는 가까운 사람들과 함께 말이야. 도착해서 찍고 꾸미고 올리고 기다렸지. 화면 속에서 쏟아지는 사랑에 온

냉소자의 달콤한 상상

신경을 집중하면서. 다닥다닥 붙어 앉아서 각자의 계정을 바라보는 따뜻한 열정이 좋았어. 꼭 얼굴을 마주 보지 않아도 어떤 마음인지 통하는 순간이었거든. 어쩌다 놀라운 반응을 받으면 제 일처럼 축하해 주며 꼭 안아줬지. 내겐 다시없을 소중한 기억이야.

늘 좋았던 건 아니야. 마음대로 사랑받지 못하면 지치기도 했어. 그럴 때 있잖아. 진짜 정성을 다해서 더도 말고 딱 이 정도를 기대했는데 미치지 못했을 때. 무조건 이만큼 사랑받아야 하는데 절반도 안 될 때 말이야. 어쩔 줄 몰라서 당황 속에 방황했어. 별생각을 다 하면서 혹시 내가 주는 사랑이 부족했나 싶어서 의심도 했지. 그럴수록 큰 바다를 더욱 헤매면서 사랑을 주입했어. 절대 남발하지 않고 정성 들여서 꼼꼼하게 전했지.

근데 너무 열심히 하는 것도 부작용이 생기더라고. 주는 만큼 돌아오지 않을 때가 있었어. 난 분명히 10번 찾아가서 10번을 눌러줬는데, 왜 그는 내게 7번만 오는 걸까? 기본적인 예의에 어긋나는 행동에 상처받았지. 어지러운 관계 속에서 정신없을 때도 많았어. 얼굴 책 속에서 나랑 친하던 친구가 나보다 다른 친구랑 더 친하게 지낼 때나, 믿었던 인별 친구가 갑자기 디엠을 무시하며 관계를 끊을 땐 참 속상했어. 직접 만나진 않았지만 오랜 시간 어렵게 다져놓은 우리 사이가 쉽게 틀어질 때면 슬펐어.

사실 이런 건 모두 참을 만했어. 그 속은 너무도 넓어서 새로운 사람을 다시 찾으면 됐거든. 가장 견디기 힘든 건 오히려 이거였어. 늘 같이 테이블에 앉아 사진 찍고 올리던 현실 친구가 나보다 앞서갈 때. 고만고만하던 팔로워 수가 어느덧 불어나더니 숫자로는 안 돼서 K 나 M이 생겨나면 절망이 찾아왔어. 더 이상 나보다 잘나가는 친구를 축하해줄 수 없었어. 하지만 쉽게 잘라낼 수 있는 SNS 속의 인연이 아니라서 괴로웠어. 안 보고 살 수 없으니 마주칠 때마다 억지웃음을 짓지만, 마음은 무너져 내렸지. 부족한 자신을 자책하며 더욱 몰입해 서 사랑을 갈구하고 늘리려 애썼지. 따지고 보면 어차피 인터넷 밖 현 실 세상도 다 이렇지 않나? 특별히 문제가 된다고 생각한 적은 없어.

어느 날 누군가는 이 모든 게 잘못되었다며 흥분했어. 가상 세계 에 빠진 우리를 구원하자고 외쳤어. 진짜 사랑을 잃어간다며 슬퍼하 기까지 했지. 여러 사람이 동조했어. 내겐 아름답고 따뜻한 가능성 의 공간이 오히려 우리의 귀한 삶을 망친다고 동의했어. 그들의 논 리는 한마디로 조악해. 서로 좋게만 보이려고 애를 쓰며 비교만 한다 는 거야. 허상의 모습만 보고 판단해서 어느 쪽이든 나빠진다고 설 명했어. 남보다 자신이 좀 나아 보이면 교만해지고, 부족해 보이면 비참해진다고.

결국 우리 모두를 갉아먹다가 파멸로 이끌고 있다고 결론 내렸어. 또한 손에 닿지 않는 관계에 집착하느라 더 중요한 관계를 놓치고 있 다고도 했지. 함께 밥을 먹는 식탁에서 나누는 대화가 사라진 게 그 시작이라고. 세상이 쓰러지는 위기를 막기 위해 아날로그 시대로 돌아가야 한다고 주장하기에 이르렀어.

놀라운 건 멀쩡한 사람들이 하나둘 갑자기 정신을 놓으면서 찬성하기 시작했다는 거야. 그런 방식이야말로 소중한 시간을 낭비하지 않고 삶에 충실할 수 있는 길이라고 목소리를 높였지. 난 그들이 인터넷 아웃사이더라고 확신해. 그것도 비자발적인. 친구를 많이 만들어서 관심과 사랑을 받고 싶었는데 실패한 거야. 그곳에서 누리는 만족과 행복을 경험해본 적이 없어서 그 맛을 모르는 거지. 알면 그걸 포기한다거나 중요하지 않다고 말할 수 없거든. 거기에 더불어 성공한 남들이 부러운 억하심정도 크게 작용했다고 믿어. 비교를 근절하자고 말하지만, 그들이야말로 앞서간 이들이 눈꼴셔서 잡아 내리려고 하잖아.

어쨌든 세상은 바뀌었어. 높으신 분들이 그 작자들 손을 들었거든. 어이가 없다가도 인정하고 말았지. 윗자리를 차지하고 있는 분들의 가상 세계에서의 위치를 떠올렸거든. 고리타분하고 답답한 분들이 인기가 있을 리가 없잖아. 엄한 주장을 하는 모자란 놈들과 합이 잘 맞았나 봐. 서로 가지고 있던 질투가 제대로 통한 셈이지.

안타깝게도 괴상한 법과 규칙이 생겨났어. 각종 SNS 플랫폼 회사는 개인 계정을 모두 폐쇄했어. 이젠 그냥 기업 광고판이야. 사적인 내용을 올릴 수가 없어졌지. 그때 돌아다니던 선전 문구가 〈일기는 일기장에 쓰자〉였지 아마. 괜히 아닌 척 슬쩍 보여놓고 남들 관심이 고파서 전전긍긍하지 말라는 거지. 듣기로는 여러 헬스장이 문을 닫았다던데. 열심히 운동해서 남에게 자랑하는 맛으로 다니는 인플루언서나 셀럽이 갈 이유가 사라지니 발길을 싹 끊은 거지. 덕분에 비만율이 늘어난 걸 윗분들은 알려나 몰라.

막무가내로 여론을 무시하고 찍어 내리자, 유사 SNS가 비밀리에 우후죽순 등장했어. 불법으로 사용하다 적발된 자에게 엄벌을 내리기 시작했지. 사회를 망친다며 본보기로 실형을 내리면서. 이 글도 그중 하나에 올리고 있어. 걸리면 감옥에서 썩다가 죽기밖에 더 하겠어. 지금의 피폐한 삶과 다르지 않아.

난 여전히 잘 모르겠어. 내 인생의 기쁨이었던 그곳이 그렇게 나쁜 건지. 나를 알리고 돌려받는 하트나 좋아요가 삶의 활력소가 되는 게 그렇게 잘못된 건가. 비록 익명이나 별명일지라도, 따뜻한 댓글 하나 달리면 온종일 날아갈 듯 살 수 있었는데. 삭막한 오프라인에선 친절한 인사도 한 번 제대로 받기 힘들잖아. 받은 숫자의 크기가 크면 더 행복하고, 적으면 좀 우울한 게 문제가 되나? 많으면 기분 좋게 지내고, 부족하면 더 열심히 하게 만드는데.

그 무엇보다도 답답해서 더 이상 살 수가 없어. 좁디좁은 인간관계에 지쳤어. 직접 만나는 사람들만 알고 지내다간 미쳐버릴 거야. 그들에겐 어쩔 수 없는 한계가 있어. 난 더 넓은 세상에서 더 많이 인

냉소자의 달콤한 상상

정받고 사랑받고 싶어. 매일 아침 아는 얼굴만 본다는 생각에 일어나기가 싫어. 새로운 설렘이 사라진 인생은 의미가 없어. SNS가 없는 세상, 그러니까 날 향한 무궁무진한 관심이 끊긴 곳에서 살아가길 포기할래. 그래서 이 마지막 편지를 남겨.

돈이 사라진 곳에 남은 마음

"오랜만이야. 잘 지내지? 나 이번에…."

에라. 또 시작이네. 이런 식의 몇 년 만의 연락이면 더 들어볼 필요도 없지. 결혼한다고 이 사람 저 사람 알리느라 고생이 많네. 이 먼 누추한 곳까지 복사한 메시지 붙여 보내느라 손가락이 아프겠어. 아이코, 옛날 버릇이 또 나왔네. 이젠 욕먹을 짓이 아닌데 말이야. 어디까지 전해야 하나 고민하고 얼마를 해야 하나 고통받던 시절은 다 지나갔거든. 마음껏 알리고 마음껏 표현하게 돼서 전혀 부담이 없다고.

그게 무슨 소리냐고? 이 사람 어제 태어났나, 왜 사람 말을 못 믿어. 잠깐만 기다려봐. 일단 연락해 온 친구한테 축하하는 마음 좀 보내고. (눈을 잠시 감았다 뜨고) 그게 다냐고? 너 정말 아무것도 모르는구나. 자, 그럼 옛날이야기부터 시작해야 하니 잘 들어봐.

이름도 거창한 부조금이 무엇이냐. 부조는 원래 잔칫집이나 상가에 돈이나 물건을 보태거나 일을 거들어주며 돕는 걸 말해. 현대사회로 넘어오면서 현금이 보편화되어 돈으로 굳어졌지. 기쁜 일에는 축의금을, 슬픈 일에는 조의금이나 부의금을 낸다고 하지. 다 아는 이야기라고? 네가 어디까지 모르는지 모르니까 참고 들어줄래.

취지는 참 좋은데 이게 실생활에선 애매하고 복잡하고 곤란한 상황을 만들어 냈거든. 웃지 못할 별일이 그렇게 많았어. 지금부터 들려주는 건 절대 내 이야기가 아니야. 여기저기서 전해 들은 거니까 명심하라고. 가끔 너무 실감 나게 묘사해도 뛰어난 이야기꾼인가 보다 하면 돼. 직접 겪어서 생생한 게 아니라고. 알았지?

경조사가 벌어지면 어디까지 알려야 할지 무척 고민이 돼. 그냥 아는 사람한테 일단 다 알리고, 오는 건 각자 판단하게 맡기면 되는 거 아니냐고? 그래. 이론적으론 그렇지. (너 한 번도 안 해봤지?) 소식을 받는다는 것 자체가 부담일 수 있거든. 참석과 함께 경조사비를 요청받는 상황이 마냥 반가운 게 아니야. 가야 하나 말아야 하나, 안 가고 돈만 내도 되나, 내면 얼마를 내야 하나. 이런 고민을 별생각 없이 무차별로 던지는 건 예의가 아니거든.

기본적으로 내가 연락받았을 때 기꺼이 참석하고 돈을 낼 사이한테 알리는 게 맞는 거지. 근데 이것도 말이 쉽지, 판단하기가 어려워. 예전에 가깝게 지내던 사이도 서로 뜸해지기도 하고, 모르다가 새롭게 알게 돼서 한창 붙어 지내기도 하고 말이야. 변화무쌍한 관계를 딱 나눠서 알릴 사람과 몰라도 될 사람으로 구분하기 참 쉽지 않아.

밤낮을 고민해서 겨우 나눴다 치자고. 명단을 뽑아 놓으면 다음 고통으로 이어지지. 어떻게 알릴 것이냐. 일단 조사는 경황이 없으니 주요 지인한테 알리고 연락을 부탁하는 식이니 빼고 생각하자고. 대표적인 게 청첩장 전달 방식이야. 으아, 생각만 해도 머리가 빠개진다. 그냥 손에 하나씩 쥐여주면 되는 거 아니냐고? 그러면 네 결혼식에는 너랑 네 짝 둘이 참석하게 될 거야.

친밀도를 고려해서 정성의 정도를 나눠 구분할 수 있어. 꼭 와주면 좋겠는 가까운 사이는 따로 식사 약속을 잡고 밥을 사면서 초대해. 어울리는 무리가 커서 각개격파가 어려우면 호프집이나 커피숍에서 한 번에 만나서 줄 수도 있어.

그 정도는 아니지만 직접 연락해서 알리고 싶은 지인에겐 전화나 메신저를 이용하지. 모바일 청첩장이 유용하게 쓰이는 시점이야. 굳이 얼굴까지 보면서 할 필요는 없는 절묘한 경계가 있을 거야. 말로는 설명이 어렵네, 해보면 아는데.

마지막은 일명 '얻어걸리면 좋고 아니면 말고' 단계야. 전체 공지를 하는 거지. 단체 문자든 이메일로든 단톡방이든 게시판이든 불특정 다수를 향해 결혼한다고 공표하는 거야. 혹시 빼먹고 연락 못 한 사람 중 나한테 관심이 있다면 와주거나 돈을 보내주겠거니 하면서. 이땐 대부분 이런 사람이 걸려들어. 곧 결혼하거나 다른 경사가 예정

냉소자의 달콤한 상상

된 사람. 전형적인 기브 앤 테이크랄까.

　힘들게 나누고 초대하고 일도 잘 치렀어. 거기서 끝난 게 아니야. 누가 왔는지 확인을 해야 해. 올 거라고 생각한 사람이 안 오면 서운하고, 왔는데 기대만큼 봉투가 두툼하지 않아도 속상하지. 반대로 안 올 줄 알았던 사람이 오면 놀라고, 금액까지 높으면 신기하지. 숫자 크기 이야기는 굉장히 골치가 아파. 조금 뒤에 따로 할 테니까 지금은 묻지 말아 줘. 경조사 어디에 가도 방명록이 있긴 한데, 이건 그냥 형식이야.

　진짜 출석부는 '봉투'거든. 봉투에 쓰여 있는 이름과 들어 있는 금액으로 체크인이 확인되는 거야. 다른 건 아무 의미 없어. 막말로 직접 와서 인사하고 악수하고 안아주며 축하, 위로 다 하고 갔는데 깜빡하고 돈을 안 내면 말짱 꽝이야. 오고도 안 온 사람이 되고 말아. 다른 건 까먹어도 꼭 넣고 와야 해. 민방위 훈련 다 받아놓고 참석 사인 안 하고 오는 거랑 같은 거야. 정 안되면 나중에 계좌 이체라도 꼭 해야지 기록에 남아.

　왜 기를 쓰고 서로 확인을 하는 걸까? 뻔하지. 내가 갔었는데 그도 왔는지 확인하는 거야. 아니면 다음에 그의 일에 내가 가야 하는지 판단하기 위해서. 큰일 치르면 인간관계 정리된다는 말 많이 들어봤지? 바로 이거야. 참석과 불참으로 앞으로 볼 사람 안 볼 사람이 정해지거든. 듣기만 해도 기가 막히지? 축하하고 위로하는 좋은 취지는 이미 사라진 지 오래야. 자, 이번엔 경조사를 전해 들은 입장으로 넘어가 보자고.

소식을 받은 사람의 현실적인 부담은 이거야. 조사는 어쩔 수 없지만, 경사는 대부분 휴일이지. 직장인이 주중 내내 탈탈 털리다가 유일하게 찔끔 몸과 마음을 회복하는 짧고도 짧은 주말. 불편한 옷 입고 사람 많은 곳 몇 군데 돌다 보면 해가 저물어. 초대받는 것마다 전부 가면 아마 남아나는 토요일, 일요일이 없을걸? 어쩔 수 없이 가야 하는 자리는 또 어떻고. 직장 상사 자녀가 결혼하면 안 가볼 배짱 있겠어?

이러니 공무원이나 회사원 어르신이 퇴직 전에 어떻게든 자식 결혼식을 올리려고 하는 거지. 결혼을 서두르는 친구한테 물어보면 부모님 퇴직이 얼마 안 남아서라고 둘러대는 걸 자주 들어봤을 거야. 행사에 얼마나 많이 사람이 오느냐에 따라 사회적 지위를 뽐낼 수 있다고 믿으니까. 거기에 더해 그동안 뿌린 걸 모두 회수하겠다는 속내도 물론 들어 있고. 소중한 여가 시간을 쪼개서 참석할 것이냐, 안 가면 곤란해지는 자리를 모른 척할 것이냐. 어쩌면 주말마다 우리는 햄릿 부럽지 않게 고민하는지도 몰라. '갈 것이냐, 돈만 부칠 것이냐, 무시할 것이냐. 그것이 문제로다.'

사실 여기까진 약과야. 정성을 표현하기로 마음을 먹고 나면 더

냉소자의 달콤한 상상

큰 산이 기다리지. 도대체 얼마를 내야 하나. 이제부터 고민에 빠져 죽어나는 거야. 남을 돕는다는 원래의 의미를 따른다면 각자의 경제 사정에 맞게 하면 되는 건데, 그게 말처럼 쉽지 않아. 한 번은 슬픈 일을 치르고 부의금을 정리하다가 집안의 어르신께서 한 봉투를 콕 집어 들고는 외치셨어. "이놈은 맨날 삼만 원이야." 자, 어떤 상황이지? 따뜻한 정성이 단박에 금액으로 점수 매겨지는 일이 벌어진 거지.

주고도 욕먹으면 안 되고, 괜히 더 주고 아까워하는 것도 안 되는 적절한 지점을 찾아야 해. 세상에서 가장 어려운 '적당히' 말이야. 오죽하면 인터넷 질문 게시판에 오래도록 자주 올라오는 베스트 & 스테디 질문이 '이럴 경우에는 얼마를 하면 되나요?'겠느냐고. 돈 걱정 없이 사는 사람은 이런 고민 안 하겠지만, 카드로 빚을 내고 한 달 뒤에 갚아나가는 월급빚쟁이 회사원에게 순수 현금으로 나가는 경조사비는 큰 부담이야. 어느 설문조사에 따르면 평균 월 15~20만 원이라고 하더라고. 그러니 '3, 5, 7, 10' 숫자 사이에 머리를 처박고 어느 게 나와 그 사이에 어울리는지 도착 직전까지 갈팡질팡하는 거야. 5만 원권 등장 이후 3에 대한 선택권이 사라져서 안타까워하는 자도 많다고 들었어.

모두가 착하다는 성선설에 기반한 부조금에 관한 올바른 정의가 있긴 해. 상대에 대한 호의만큼 주면서 부담 없이, 주고 나서도 아쉽지 않고 잊을 수 있는 정도로 하면 된다고. 예를 들어 '나는 저번에 얼마까지도 줬건만 섭섭하다'라고 한다면 그 관계보다 많이 줘서 그렇다네. 만약 어려운 사정으로 전혀 못 하게 되더라도 소중한 관계라면 비난보다는 이해가 앞설 거라고도 하고.

아쉽게도 모두 성인군자가 아니다 보니 눈앞에 보이는 숫자 앞에서 옳기만 한 말은 힘을 못써. 많이 받으면 기분이 좋아지며 나를 이정도까지 생각했다면서 그 사람 자체가 훌륭하게 보여. 반대는 뭐 실망의 연속이지. 나와 보낸 시간이 얼마인데 겨우 이게 뭐냐며 사람 잘못 봤다고, 그렇게 안 봤는데 쫌생이었다고. 이런 걸 뻔히 아니까 더 헷갈리는 거야. 더도 말고 딱 관계만큼 넣고 싶은데 주관식 찍기라서 확률이 낮거든. 헛다리 짚고 오버하면 안 써도 될 돈 쓰게 되고, 과소평가하면 아쉬운 눈초리를 평생 받아야 하니까.

그건 그렇고 다들 어떤 마음으로 부조금을 내는지 궁금하지 않아? 빈칸이 뚫려 있는 청구서를 받아 들고 열심히 고민해서 나름의 답을 찾아서 돈을 전달하는 이유가 궁금하지 않냐고. 대충 돌아가는 판을 보면 예상할 수 있을 거야. 바로 '언젠가 나도 돌려받기 위해서'야. 생각해봐. 경조사가 뭐야. 살면서 한 번씩 겪는 대소사잖아. 옆 사람이 치르면 나도 언젠가 치르게 되어 있는. 안 내고 안 받을 수 있지 않냐고 할 수도 있지. 근데 세상살이가 또 그렇게 되냐고. 혼자 아무도 안 보고 살 것도 아니니.

거기다 인간관계라는 게 당사자만 엮인 게 아니잖아. 결혼할 때 누구 부를지 고민하기 싫고, 억지고 돈 들고 오게 하고 싶지 않아서 한 명도 초대하지 않으려던 커플이 있었어. 하나 실패하고 누구보다도 성대하게 많은 하객 사이에서 화촉에 불을 붙였지. 이유는 부모님이 그동안 베풀어 놓으신 걸 모두 수금해야만 했거든.

첫 번째 대답으로 당연히 나와야 하는 '기쁨을 함께하기 위한, 슬픔을 덜어주기 위한 마음으로 낸다'를 찾아보기 어려운 현실이야. 웃픈 사연 하나 들려줄까? 남들 다 하는 경조사를 열지 못해 뿌린 대로 거두지 못하는 사람도 있어. 결혼 안 하는 독신은 결혼식도 없고, 돌잔치도 없고 할 거 아냐. 그건 개인의 의지라고 할 수 있기라도 하지. 만약 결혼하고 싶어도 못 하는 상황이면 얼마나 슬퍼. 원기옥 모으는 것도 아닌데, 여기저기 에너지 숨겨두듯 회수할 날을 기약 없이 기다린다고.

초대하는 사람도 초대받는 사람도 각자의 사정에 파묻혀 힘든 시간을 보내고 나면 깔끔하게 마무리될 것 같지만 그렇지도 않아. 끊임없는 뫼비우스 띠, 풀지 못해 자른 알렉산드로스의 매듭처럼 애매한 경우가 계속 이어져. 난 그를 초대 안 했는데 그는 나를 초대했어. 곤란하겠지? 난 선을 그었는데 그는 나를 품은 거라고. 어떻게 해야 할까. 나를 시험해보려는 걸까?

이건 시작에 불과해. 난 그에게 초대받았지만 안 가고 안 냈어. 나름대로 관계에 대한 판단이었지. 근데 초대 안 한 그가 어디서 듣고 내 쪽에 온 거야. 일단 민망하고 지금이라도 예전 걸 챙겨줘야 하나 속이 복잡해지지. 하이라이트는 이거야. 그가 날 초대해서 갔고, 나중에 내가 초대했을 땐 그가 안 왔어. 서운하지만 그럴 수 있다고 생각하고 잊어버렸지. 다음에 비슷비슷하게 어울리던 제삼자의 자리에 가서 떡하니 마주친 거지. 인사를 나누면서도 어색한 그 상황. '이 녀석, 나 때는 오지도 않고 한 푼도 안 보내더니…' 쏘아보는 눈빛이 강렬했는지 미안해하면서 그 자리에서 돈을 뽑아서 주더라는 에피소드도 들었어.

얼굴 보는 상황이야 어쩌다 한두 번이지만, 온라인에서 계속 불편하게 엮이면 참 그것도 거시기해. 수많은 단톡방에 들어가 있잖아. 그 안에 내 쪽에 온 사람과 안 온 사람이 섞여 있단 말이야. 똑같은 수준으로 알고 지냈는데 누군 날 위했고, 누군 모르는 체한 상황. 깜빡한 건지, 일부러 안 온 건지 알 수가 없으니 찝찝하지. 그렇다고 대놓고 그때 왜 너는 안 온 거냐고 물을 수도 없고. 단지 그거 때문에 혼자 그 방을 나갈 수도 없고. 이러다 안 온 사람한테 일이 생겨서 남들 다 가는데, 예전에 나한테 안 와서 안 가겠다고 하기도 그렇고. 늘어놓기만 해도 답답하네.

아이고, 여태 남 이야기 전하느라 힘들었다. 어때, 직접 겪은 듯 살아 있지? 내가 좀 하거든. 표정이 왜 그래? 고구마 잔뜩 먹고 동치미 국물 못 마셔서 목 막힌 것 같은데. 듣기만 해도 쉽지 않지? 내가 뭐

냉소자의 달콤한 상상

라고 했어. 세상에서 제일 꼬여 있는 상황을 듣게 될 거라고 했잖아. 심지어 이게 싫어서 멀리 이민 간 사람도 있데. 떨어져 있으면 안 주고 안 받으면 되니까. 그동안 누구도 이렇다 저렇다 딱 정의할 수 없던 문제였지. 이 기발한 생각이 나오기 전까지는.

문제의 핵심을 간파한 누군가가 불필요한 것을 도려내고 진짜만 남겼어. 버린 건 '돈'이었고 챙긴 건 '마음'이었어. 아까 내가 결혼하는 친구에게 눈 감고 마음만 보낸 거 기억나지? 그게 그냥 시늉이 아니고 정말로 축하하는 마음을 보낸 거야. 그 친구는 내 마음을 받았고. 처음에 우리가 부조하는 이유가 뭐였어? 마음의 표현이었잖아. 근본에 집중하게 된 거지. 이젠 아무도 찾아가거나 돈을 보내지 않아. 진짜 마음만 보내지.

딱 내가 그 사람을 생각하는 만큼만 전해져. 지난번에 받았든 못 받았든 많았든 적었든 상관없이. 그 순간의 내 마음의 크기를 재서 전달하지. 거짓말 탐지기처럼 속내를 속이지 못하고 있는 그대로 측정이 돼. 받는 사람은 어떤 지인이 얼마만큼의 축하와 위로를 보냈는지 알게 되지. 전처럼 주머니 사정이나 사회적 눈치 때문에 못 하거나, 억지로 표현하는 상황은 벌어지지 않아. 정말 이상적이지 않아? 이게 어떻게 가능한지는 묻지 마. 그걸 알면 여기서 이러고 있지 않을 테니. 도입하기까지 난관도 많았지. 속내가 드러날까 봐 겁내는 사람부터 사생활 침해라는 등 말들이 많았지. 무엇보다도 최고난도는 수금할 기회를 빼앗긴 자들의 분노였지. 그동안 낸 걸 못 받게 된다고 억울해하는 징징이들에겐 결국 나라가 보상해 줬어. 언젠가 한 번은 끊고 넘어가야 했으니 멀리 보고 결정한 복지랄까.

좋은 일, 힘든 일에 마음을 주고받는 〈부조심〉 방식은 모두에게 환영받고 있어. 알리는 사람도 부담 없고, 받는 사람도 걱정이 없지. 오히려 더 넉넉하게 주고받는 분위기라고 해. 분석에 따르면 마음의 평균 크기가 점점 커지고 있다네. 거짓된 마음이 포함될 수 있는 거 아니냐고 우려도 있지만, 기술의 발달로 오차 범위를 확실히 줄여간다니 괜찮을 거야. 돈이 중심이 되는 사회에서 진실한 웃음과 눈물을 지킬 수 있게 된 거지. 차가운 세상에서 따뜻한 마음이 오고 가는 모습이 난 만족스러워. 믿기 어렵겠지만 우린 지금 진짜로 마음을 전하며 살고 있어. '마음 전하실 곳'이라고 쓰여 있는 계좌가 아닌, 원래 받아야 했던 가슴에 보내면서.

냉소자의 달콤한 상상

원하는 관계 구매 가능

시원한 냇가에서 첨벙대며 물고기 잡고, 그늘진 원두막에 둘러앉아 달콤한 수박 한 입 베어 물고, 할머니 무릎 베고 누워 손부채 바람 솔솔 쐬며 밤하늘 별을 세다 잠드는. 어떻습니까? 어릴 적 그때 그 장면이 생생하게 그려집니까? 이게 바로 이번에 경쟁사에서 출시해 대박이 난 '외갓집 체험 마을' 상품입니다. 이미 몇 년 치 예약이 꽉 찼다네요. 벌써 방학 때 아이 데리고 다녀온 사람도 있을 거예요. 배 아픈 소식을 듣자마자 '그래, 이거다!' 싶었습니다. 덕분에 오랫동안 골치 앓던 회사의 신상품 전략 방향을 드디어 잡았죠. 오늘 우리가 모인 이유입니다.

우리에겐 익숙한 유년기의 여름 방학 추억이 어떻게 없어서 못 파는 제품이 되었을까요? 간단합니다. 그것 말고는 경험할 방법이 없기 때문입니다. 시골이 사라지고 모두 도시에 살면서 내려갈 외가댁이 자취를 감추었어요. 직접 겪은 마지막 세대가 우리인 거죠. 즐거웠던 기억을 간직한 부모가 아이에게 그때를 선물하고 싶은 욕망이 숨어 있었죠. 이를 절묘하게 간파한 저 회사에서 작정하고 여행상품을 만들었습니다. 따뜻한 기운 가득 담은 이름으로 모두의 가슴을 설레게 하면서요. 선점당한 상황은 아쉽지만, 전 여기서 큰 가능성을 발견했습니다. 우리 회사에도 무한한 기회가 남아 있다고요.

'외갓집 체험 마을'의 성공 요인은 한 마디로, 지금은 겪을 수 없는 관계의 기쁨을 전했기 때문입니다. 관계가 사라진 이유는 산업 발달에 의한 도시화였죠. 되돌릴 수 없는 상황을 가상으로 구현해서 몸으로 느낄 수 있게 환경을 조성했던 겁니다. 직접 구축하기엔 사실상 불가능한 관계를 대신 풀어주면서 해소해준 셈이죠.

여기서 전 우리가 현재 놓치고 사는 관계에 주목해보기로 했어요. 개인주의가 심화하면서 우린 많은 관계를 유지하며 살지 않습니다. 저희도 일이 아니었다면 만날 일이 없는 것처럼요. 단적으로 보여주는 타 회사의 서비스를 예로 들어볼게요. 결혼할 때 친구나 지인이 많이 찾아왔나요? 알고 지내는 사람은 뻔히 정해져 있는데, 괜히 사진 찍을 때 초라해 보일까 봐 걱정하고 눈치 보잖아요. 북적북적해야 뭔가 잘 살아온 것 같은 분위기죠. 이걸 노리고 나온 게 '결혼식 하객 동원 서비스' 아닙니까. 돈으로 사람을 사서 뒤에 그럴듯하게 세워두는. 누가 할까 싶지만, 그 회사는 이걸로 수십 년째 먹고살고 있습니다. 사용 경험이 있다면 조금 움찔하겠네요.

냉소자의 달콤한 상상

관계를 유지하지 않고 필요할 때만 돈으로 구입하는 경향은 점점 뚜렷해지고 있어요. 따져보면 어떤 게 더 가성비가 나은지 쉽게 알 수 있죠. 먼저 관계를 형성하면서 얻을 수 있는 장점은 꽤 많아요. 슬플 때 위로와 도움을 얻을 수 있고, 기쁠 때 축하와 칭찬을 받을 수 있죠. 누군가와 함께하면서 서로를 알아주는 사이는 든든하고 포근합니다. 하지만 이를 위해선 상당한 수고가 들어갑니다. 타인의 기분과 감정, 각종 일상과 경조사를 챙겨야 하죠. 관계를 맺는 인원이 늘어나면 정성과 노력이 계속 증가합니다.

사실 들이는 만큼 그대로 받을 수만 있으면 크게 문제가 없을지도 몰라요. 가성비 안 나오는 이유는 바로, 그 수많은 관계 속에 오가는 불신, 오해, 서운함으로 빚어지는 갈등 때문이죠. 준 거를 돌려받기는커녕 삐지고, 싸우고, 달래고 하느라 진이 다 빠집니다. 해결도 깔끔하게 되지 않는 경우가 허다하죠. 묻어두고 지내다가도 이따금 터져 나와 원점으로 돌아가기도 해요. 가족이라는, 친구라는 이유로 도망가지도 못하고 메어 있으면서 상처만 점점 깊어지죠. 확률 낮은 관계의 따뜻함을 기대하면서 붙어 있기엔 리스크가 너무 크죠. 그래서 하나둘 관계 자체를 버리고 혼자 살아가는 지금입니다. 사람 사이에서 스스로 소모되지 않겠다는 트렌드죠.

최소한의 관계만을 유지하고 살아가는 요즘, 출산은 물론이고 결혼도 줄어 가족 관계라는 게 딱히 없어요. 친구나 지인도 직접 만나는 경우가 드물죠. 온라인에서 교류하는 것만으로도 피로함을 느껴 단절이 일어나는 마당이니까요. 차단과 분리로 점철되는 관계의 시대에 우리가 비집고 들어갈 틈이 있다고 믿어요. 과거에 직접 경험했거나, 기록으로만 접했던 사라진 관계에 대한 그리움이 여기저기서 느껴집니다.

사람들이 관계 자체를 싫어하는 게 아니에요. 관계를 만들고 유지하는 에너지와 그 안에서 발생하는 예측 불가능한 스트레스에 힘들어하는 겁니다. 그런 걸 쏙 빼고 관계의 좋은 점만 살려서 제공하면 무조건 성공할 거라는 촉이 왔어요. 거기에 무료하고 지루한 일상에 던지는 신선함을 강조하고, 뒤를 걱정하지 않고 부담 없이 즐기는 깔끔함까지 마케팅 포인트로 잡아 어필한다면 메가 베스트셀러도 가능합니다.

자, 신상품의 주요 3요소를 정리해볼까요? '그리운 추억, 신선한 자극, 깔끔한 뒤끝'. 이렇게 고객 입장에서 좋은 것만 모아서 제공하는 겁니다. 이를 토대로 여러 아이디어를 가져와봤어요. 이 자리에서 당장 결정하진 않을 테니, 이런 느낌이구나 정도만 감을 잡으면 좋겠습니다.

처음은 가볍게 〈베스트프렌드 체험〉으로 시작할게요. 친구 자체가 드문 시절이죠. 학교도 비대면으로 다니고, 졸업 후에는 누굴 만나서 사귈 기회도 없고요. 딱히 사는 데 불편은 없지만, 감동적인 영상물에 빠지지 않는 소재인 '단짝'이 뭘까 궁금하고 때론 동경하기도 합니다. 이런 분의 평생소원을 풀어주는, 나보다 나를 더 잘 아는 '소울메이트'를 제공하는 거죠.

철저한 사전 준비가 매우 중요합니다. 고객 본인에 대한 빠짐없는 정보뿐만 아니라 바라는 친구의 외모, 성격, 취향, 말투 등 자세하게 요구할수록 만족도가 올라갈 거예요. 어디서 무엇을 하더라도 마음이 잘 맞는 친구와 보내는 시간은 잊을 수 없을 겁니다. 혹시 불편하거나 틀어지면 즉시 거기서 서비스 종료가 가능하니, 괜히 힘들여 설명해서 풀고 자시고 할 게 없죠. 서로 좋은 모습만 보고 지내는 친구라면 영원할 수 있지 않을까요?

다음은 〈러버 체험〉입니다. 친구도 안 사귀는데 사랑을 나누는 경우는 정말 흔하지 않죠. 어쩔 수 없이 숫구치는 육체적 욕구만 주기적으로 풀며 사는 게 다잖아요. 사실 사랑은 밀고 당기면서 느끼는 순간의 미묘한 감정이 정수 아니겠습니까? 이런 게 빠져버린 이 시대에 연애를 소재로 만든 게임, 영화, 드라마와 같은 콘텐츠가 끊이지 않고 쏟아져 나오는 건 당연해요. 어딘가에서는 대리 만족해야 주체할 수 없는 감정이 가라앉을 테니까요.

우린 이 지점을 공략하는 겁니다. 스크린에서 튀어나온 듯한 마음속의 '이상형'을 그대로 전하는 거죠. 좋아하는 사람을 직접 만나서 데이트하는 것보다 설레는 경험이 있을까요? 다만 고객에게 사전 설명이 꼭 필요한 부분이 있습니다. 음지에서 유행하던 '애인 대행 서비스'와는 완전히 다르다는 걸요. 절대 육체적 관계가 예정되어 있거나, 꼭 사랑이 깊어질 의무가 없습니다. 〈베스트프렌드 체험〉처럼 무조건 고객에게 맞추지도 않습니다. 실제 연애와 같이 관계의 발전은 두 사람에게 달린 거죠. 정해져 있지 않은 짜릿함이 큰 매력 포인트로 작용할 것으로 예상합니다. 이번에 잘 안 풀려도 괜찮아요. 재구매를 통해 언제든 다시 시도할 수 있거든요.

마지막 상품안은 타깃이 적지만 확실한 수요를 가졌습니다. 아이를 가질지 말지로 자녀계획을 고민 중인 커플에게 적합하지요. 바로, 〈패어런츠 체험〉입니다. 친구나 애인이야 얼마든지 헤어지고 다시 만나고 할 수 있지만 아이는 그럴 수 없죠. 더욱 고민이 많고 그만큼 궁금한 영역이에요. 혼자서 결정할 수도 없고, 옆 사람의 생각과 맞추기도 해야 하고요. 돌이킬 수 없는 선택 전에 직접 경험할 기회를 제공하는 겁니다.

내 아이로 상상하고 희망하는 조건에 맞춘 아기나 어린이를 제공합니다. 아역 배우를 통해 고객이 원하는 체험 환경을 적절하게 조성할 예정이에요. 부모로서 아이와 함께 자라는 어디서도 할 수 없는 값진 시간을 보내면서 입장을 정하게 될 거예요. 체험 후의 결정은 온전히 고객의 몫이지만, 아름답게 디자인한다면 사회 전반에 긍정 효과를 끌어낼 수 있지 않을까 싶습니다. 홍보 포인트로도 적극

냉소자의 달콤한 상상

적으로 활용하는 거죠. '출산율을 높이는 기적의 체험 상품 출시!' 이런 식으로요.

이제 좀 감이 오나요? 여기서 파생된 수많은 관계 체험 상품이 마구 떠오르기 시작할 겁니다. 아들딸 체험, 부부 체험, 시월드 체험, 대가족 체험, 직장동료 체험, 삼각관계 체험 등등. 꼭 그립지 않아도 호기심으로 원하는 관계도 있을 거고요. 무한한 확장성을 가졌죠. 테마는 이렇게 정했습니다. 〈원하는 관계를 선물합니다〉.

제가 아직 밝히진 않았는데요. 혹시 신상품 전략 3요소 말고 숨어 있는 네 번째 효과를 눈치챈 사람 있나요? 힌트는 어디까지나 우리 서비스가 진짜가 아니라는 점입니다. 체험이 꼭 맞아서 빈틈없이 흡족하면 좋겠지만, 아쉽거나 불편할 수 있잖아요. 이래서 그동안 관계를 형성하지 않았다며 다시금 깨닫는 거죠. 자연스럽게 지금의 상황에 감사하게 됩니다. 실제였다면 관계 속에 파묻혀 괴로워했을 텐데 다행히도 현실이 아닌 거니까요. 그리워하지만 돌아가지 않는 이유를 피부로 느껴보는 거죠. 과거는 미화되기 마련이라서 마냥 좋아 보이기 쉬워요. 그럴 때마다 체험하고 오면 지금이 좋다며 열심히 만족하고 살게 될 겁니다. 현재에 감사하고 집중하길 원하는 건 모두의 희망일 테니, 이를 돕는 우리 상품은 잘될 수밖에 없지 않을까요? 귀찮고 어려운 관계를 만들지 않아도 간편하게 느껴볼 수 있는 신상품의 성공을 확신합니다!

세상의 모든 책을 한 번에, 그리고 영원히

안녕하십니까! 넘버원 슈퍼 호스트, 솔드아웃입니다. 지난번 잠을 줄여주는 약을 들고나왔던 기억이 아직도 생생하네요. 가격 상관없이 본인에게 전부 다 팔라고 하셨던 익명의 손님이 참 인상적이었죠. 남에게 넘어가면 경쟁자가 생겨서 곤란하다는 입장을 피력하셨는데요. 결국 모든 물량을 가져가신 그분은 잠 없이 잘 달리고 계시는지 궁금하네요.

아, 혹시 저에 대해 모르시는 분이 있나요? 전 세상에 처음 공개하는 제품만 소개합니다. 그러다 보니 일 년에 몇 번 이 자리에 서지 않아요. 그 이야기는 바로 오늘도 어디서 듣도 보도 못한 물건을 가지고 나왔단 말입니다. 제가 직접 써보지 않은 건 절대 말씀드리지 않는 것도 잘 아시죠? 이번엔 사용해보자마자 바로 사장실로 달려갔습니다. 이거 방송 태우지 말고 저한테 모두 팔면 안 되겠냐고요. 설득은 실패했고, 울며 겨자 먹기로 여기 서 있음을 고백합니다.

오늘은 책에 관해 이야기를 할 거예요. 얼굴이 바로 구겨지시는 군요. 책을 파는 건 아니니 걱정하지 마세요. 제가 아니어도 책 팔려 는 사람은 이미 충분히 넘치잖아요. 작가, 출판사, 블로거, 유튜버, 인 스타그래머, 도서 인플루언서. 좀 진지한 이야기다 싶으면 기승전책 으로 끝나는 광고에 질리셨을 거예요. 책 시장이 너무 잘 돼서 이러 는 건지, 하도 안 팔려서 홍보 기술이 발전하는 건지 모르겠더라고 요. 책 관련 상품은 처음이라서 공부를 좀 해봤어요. 참 독특한 책만 의 세계가 있더군요. 의식주처럼 필수재도 아닌데, 우리 곁을 가까이 서 찐득하게 맴도는 아주 특이한 녀석이었어요.

책 얼마나 읽으시나요? 질문 자체가 별로 반갑지 않으시죠. 뉴스 에서 떠들어대는 우리나라 성인 독서량이 낮아서 어쩌고저쩌고. 굳 이 그렇게 파고들지 않아도 본인이 안 읽는 거 잘 알고 있는데요. 그 렇다고 아주 모른 척하고 살지도 못 하는 애증의 관계죠. "책 안 읽 는데요."라고 당당히 대답하긴 어려워요. 뭔가 지적으로 게을러 보 이고, 삶이 나아지기 위한 노력을 아무것도 안 하는 것 같고요. 세상 과 단절을 원하는 사람처럼 보일까 봐 걱정도 되죠. 그러느라 모두 의 대답으로 틀에 박힌 "읽긴 읽어야 하는데 많이 못 읽고 있어요." 가 튀어나옵니다.

책은 무조건 봐야 한다는 압박이 전반적으로 깔려 있어요. 이 말 은 반대로 책을 보면 좀 다르게 보인다는 뜻이기도 해요. 게임하고 만화 보고 영상 즐기며 낄낄대는 것보다는 훨씬 고상하다는 이미지를 갖고 있어요. 이런 인식이 우리를 책에서 완전히 멀어지게 못 하는 겁니다. 운동도 끊고 외국어도 끊고 심지어 술 담배도 끊고 사는 마당에 책을 완전히 끊고 사는 사람은 찾기 어렵습니다. 책이 주는 강박감이 어마어마한 거죠.

책과 만나고 헤어지는 패턴은 비슷비슷합니다. 우선 사는 것까진 쉬워요. 마트에서 돈 주고 물건 구매하듯 쇼핑의 즐거움이 있으니까요. 예쁘게 인쇄된 반짝이는 녀석을 쌓아두면, 뭔가 벌써 똑똑한 사람이 된 것 같고 돈을 잘 쓴 기분에 뿌듯해지죠. 이미 만족스러움에 젖었다고나 할까요.

이것도 잠시, 읽기 위한 단계로 들어가면 상황이 급변합니다. 눈 앞에 들고 와서 어렵게 펼치면 답답해집니다. 숨 막히도록 빽빽한 글자의 숲 앞에서 숨이 막힙니다. 갑갑한 마음에 곧 정신을 잃고 눈이 감기죠. '잠이 안 오면 책을 읽어라!' 단순 명언이 아니라 과학적 사실 아니겠습니까? 다음은 뻔하죠. 이번에 산 책은 전에 사두고 안 읽은 책들 사이에 껴서 먼지만 모으다가 짐 정리할 때 중고 서점에 특상급으로 팔립니다. 그때마다 역시 난 책도 안 읽는 게으르고 무지렁이 같은 놈이라고 자책하면서요. 좀 시간이 지나고 다시 마음을 고쳐 먹고 책을 사지만 반복됩니다. 정작 읽는 사람은 적어도 책이 팔리고 시장이 돌아가는 이유가 다 있는 거죠.

냉소자의 달콤한 상상

재밌는 책 세상을 들여다보다 부모와 자식 관계에 시선이 꽂혔어요. 흥미진진하니까 집중해 주세요. 아마 모든 부모가 동의하는 지점이 하나 있다면 바로 이 '독서 습관'일 거예요. 자식이 책 읽는 사람이 되었으면 하고 바랍니다. 누구도 빠짐없이요. 이것도 엄청난 시장을 형성하고 있더군요. '책 육아'니 'TV 없는 거실 서재'니 하면서 아이에게 책 읽는 환경을 조성해서 한 자라도 더 보게 하려고 애를 쓰죠.

근데 이 부모는 누굴까요? 당연히 앞에서 말한 책 안 읽는 어른이겠죠. 좀 우습죠. 본인이 책을 읽으면 옆에 있는 아이는 시키지 않아도 그대로 보고 배울 텐데요. 이미 본인은 책 읽기 글렀다고 인정하는 거죠. 이 열풍에는 부모 본인이 책을 안 읽는다는 자괴감과 창피함이 깔려 있어요. 나처럼 책과 떨어져서 살지 않았으면 하는 마음에 자식을 채근하는 거죠. 마치 공부를 많이 못 한 게 아쉬워서 자식은 꼭 대학에 보내려던 우리 윗세대처럼요. 얼마나 이 사회가 책에 목매고 붙들려서 스트레스받고 있는지 알 수 있는 대목입니다.

책을 직접 읽지 않으면 휘둘리기 쉬워요. 어떤 책을 읽어야 할지 판단을 못 합니다. 음식도 많이 먹어봐야 입맛을 알고, 옷도 많이 입어봐야 스타일을 알 수 있잖아요. 읽고 싶은 책을 잘 모르면 남이 좋다는 책을 기웃거리게 됩니다. '서울대 도서관 대출 순위'라고 많이 들어보셨죠? 이거 말고도 어디서 정한 필독 도서, 추천 도서, 권장 도서 리스트가 넘치죠. '죽기 전에 읽어야 할 책' 같은 뻔한 클리셰도 빠지지 않고요. 이런 목록에 들어 있는 책은 일명 '제목은 모르는 사람이 없으나, 정작 읽은 사람은 없는 책'으로 유명하죠.

어쩐지 나 빼고 다 읽었을 것 같고, 더 늦기 전에 읽지 않으면 뒤떨어질 것 같아서 힘겨운 도전을 시작합니다. 안타깝게도 이 책들은 대부분 두툼한 벽돌 책, 어려운 고전이라는 공통점이 있는데요. 초심자가 제대로 읽긴 어려워요. 결과는 둘 중 하나입니다. 읽다 지쳐서 포기하거나, 안 읽고 읽은 척하거나. 못 읽은 사람은 남들 다 읽는 책도 못 읽는다며 좌절하고 독서에서 멀어지죠. 아니면 완주는 못 했지만 들인 시간과 노력이 아까워서 대충 괜찮은 책이었다며 뽐내며 다닙니다. 어느 경우라도 다시 해당 목록의 독서를 이어 나갈 일은 없죠. 책에 질려버렸거든요.

일부 고통을 견딘 자들은 다음번엔 좀 쉬운 도전을 합니다. 이름도 찬란한 '베스트셀러'죠. 두께도 만만하고 요즘 이야기라서 익숙하기도 하고요. 이번엔 나름 사전 조사를 하고 고릅니다. 책 리뷰, 독서 후기, 서평, 독후감 등 다양하게 떠다니는 책에 대한 정보를 섭렵하죠. 찾아보면 괜히 베스트셀러가 아니라는 생각이 듭니다. 평점과 감동이 어마어마하거든요.

굳게 믿고 Top 10을 사서 읽습니다. 읽은 지 얼마 안 돼서 깜짝 놀라죠. '이게 무슨 책이야? 나도 쓰겠다. 아까운 내 돈, 내 시간. 결국 제 잘났단 이야기를 길게도 써놨네.' 백이면 백 이런 반응입니다. 읽으면서도 읽고 나서도 괴롭습니다. 내가 이러려고 독서했을까 싶은 책이 많거든요. 이런 책이 어떻게 많이 팔렸으며, 하나같이 똑같던 〈용비어천가〉 후기는 도대체 무엇이었나 당황스러워지죠.

왜일까요? 정답은 마케팅입니다. 세상에 뿌려진 책에 대한 감상평은 모두 출판사에서 제공한 거죠. 토씨 하나까지 정해주고 그대로 올려달라고 하거든요. 돈 받고 앵무새처럼 올려둔 걸 보고 책을 샀으니 실제 내용과 다를 수밖에요. 그렇게 추가된 호갱님 덕분에 베스트셀러로 한발 더 나아간 거고요. 그렇게 잘도 돌아가는 출판계입니다.

내상을 입고도 아직 완벽히 책을 떠나지 못한 사람이 일부 남아요. 서로의 마음을 아는 자끼리 모여서 독서 모임을 이룹니다. 읽은 사람의 믿을 만한 추천으로 책을 골라서 함께 읽고 생각을 나누죠. 혼자서 읽을 때보단 덜 자유롭긴 하지만, 함께하는 힘으로 다양한 책도 맛보고 정해진 기간 내에 약속을 지키며 독서 습관을 잡아갑니다. 꼭 모이지 않아도 혼자서 천천히 읽는 사람도 있어요. 자신의 속도로 원하는 책을 둘러보며 차근차근 읽어나갑니다.

혼자든 여럿이든 읽다 보면 어느 순간 똑같은 벽에 다다릅니다. 읽은 책이 기억이 안 나요. 제목은 아는데 내용이 떠오르지 않기도 하고, 아예 처음 보는 것처럼 낯설기도 하죠. 감상 노트를 적어두어도 마찬가지입니다. 이걸 내가 쓴 게 맞는지 헷갈리는 순간이 오거든요. 중요하고 소중한 책이라고 하지만, 우리에게 벌어진 옛날 일을 다 기억 못 하듯이 잊혀갈 뿐이죠. 허무해집니다. 고귀한 책이 나를 살리고 이끌어줄 거라고 믿었는데, 결국 망각 앞에서는 아무것도 아니구나 싶어서요. 이 지점에서 또 여럿이 책을 떠납니다. 어차피 기억 못 할 걸 왜 읽나 싶어서요.

자, 여기까지가 제가 파악한 책 읽는 세계입니다. 책에 대한 맹목적인 염원. 읽어야 한다고 믿지만 읽는 사람은 적은. 고를 줄 몰라서 번번이 실패하고 나가떨어지는. 겨우 읽어도 다 까먹고 마는. 욕망이 넘치지만, 허망이 이를 덮는 광경이라고 할까요. 지치지도 않게 계속됩니다. 책이 사라지기 전까진 영원할 것처럼 보여요. 언제까지 이래야 할까요? 불편함 덩어리인 책에 매달리는 우리를 구원할 순 없을까요? 전 오늘 소개할 이것이 해결할 수 있다고 믿습니다.

고를 필요도 없고, 읽을 필요도 없습니다. 잊고 싶어도 잊어버릴 수도 없습니다. 세상에 나와 있는 모든 책의 정보를 바로 뇌에 입력합니다. 물론 정기적인 신간 업데이트는 평생 지원되고요. 책마다의 액기스를 추려 최신 기술을 통해 압축해서 기억하게 합니다. 제목이나 저자, 주요 내용을 언급하면 곧장 전체 내용이 풀리면서 생생하게 살아나죠. 읽진 않았지만 읽은 게 되는 거죠. 진짜 읽은 사람도 까먹는 판에 읽었는지 안 읽었는지 어떻게 판단하겠어요. 그럴듯하게 내용을 말할 수 있으면 그게 읽은 거죠. 어메이징 하지 않습니까? 왜 저만 혼자 사용하려고 했는지 이제 아시겠죠? 세상에 혼자만 모든 책을

냉소자의 달콤한 상상

읽었다고 상상해보세요. 마치 신이 된 것 같지 않을까요?

〈세상의 모든 책을 한 번에, 그리고 영원히〉라는 이 서비스는 책에 얽힌 우리의 아픔을 시원하게 달래줍니다. 누가 좋다고 했다던데, 이거 안 읽으면 안 된 데처럼 조마조마하지 않아도 됩니다. 많이 팔린 책, 많이 팔고 싶은 책에 농락당하지 않아도 됩니다. 온갖 책팔이들의 농단에 놀아나지 않을 수 있어요. 판단도 선택도 필요 없이, 하나도 빠짐없이 읽어버리니까요.

아, 정확히는 읽지 않아도 되죠. 출퇴근 시간에 사람들 사이에 찡겨서, 불편해도 참고 나가는 독서 모임에서, 힐링이라고 자신을 속이며 가는 도서관에서 억지로 시간을 쓰지 않아도 됩니다. 눈 아프던 종이책, 전자책에서 해방되는 거예요. 가물가물 해하며 읽은 책을 또 읽는 실수도 사라집니다. 잊길 원해도 잊을 수가 없거든요. 지워지지 않는 독서의 기억. 놀랍지 않습니까? 탐나지 않을 수 없잖아요.

책을 향한 걱정 없이 살 수 있는 인생을 선사합니다. 더 좋은 곳에 시간과 노력을 쓰세요. 쫓기듯 글자에 매여서 살지 말고요. 어차피 읽고 뭐라도 남기려고 낑낑대는 거 아닌가요? 책장을 가득 채우고 자랑하는 이유도, 이만큼 읽었다고 폼 잡고 싶은 거 아니냐고요. 이거 한방이면 끝입니다. 더 이상 책을 읽지 마세요. 뇌에 박아 넣고 편하게 살아요, 우리. 벌써 매진 임박이군요. 평생 후회하며 찡그리면서 책 읽고 싶지 않다면 바로 구매하세요!

나 빼고 오를 게 없는

조용한 아침이다. 불안이 없는 개운한 시간. 어제와 같은듯하지만 분명 다르다. 내 안의 자아가 조금 자랐다. 매일 일어나면 가만히 나를 느껴본다. 얼마나 단단해졌는지, 또 넓어졌는지. 성장한 부분을 찾아 들여다보며 스스로 발전에 만족하며 기뻐한다. 살면서 신경 쓰고 챙겨야 할 건 이게 전부다. 나로 시작하고, 나를 통하며, 나로 끝이 난다. 타인과 어울려 살지만 서로의 존재는 비교되지 않는다. 각자의 온전한 삶을 자신의 속도로 차분히 만끽하며 지낼 뿐이다. 우리가 가진 게 영원히 변하지 않는 세상 덕분이다.

예전엔 온 나라가 매일 아침 불안에 떨었다. 어제보다 오르지 않으면 절망에 빠졌다. 가지고 있는 모든 걸 숫자로 바꿔서 따졌다. 크기가 커지면 안도했고, 작아지면 우울해했다. 보기 쉽게 그래프로 그려 크게 걸어두었다. 오른쪽 위를 향하지 않으면 고개를 처박고 끊임없는 한숨을 내뱉었다. 더 편하게 색깔로도 구분했다. 빨간 글씨에

냉소자의 달콤한 상상

웃었고, 파란 글씨에 울었다.

하루의 기분은 숫자의 변화로 결정되었다. 우리의 가치는 가진 숫자가 커져야 높아질 수 있었다. 초라한 숫자를 가진 자는 어김없이 구겨져 지내야 했다. 곤두박질치는 추세처럼 하염없이 내리막길로 몰렸다. 숫자의 하락은 존재의 멸망과 같았다. 어쩌다 하루를 겨우 넘겨도, 다음 날 아침 쿵쾅대는 가슴을 안고 숫자에 매달리길 반복했다. 떨칠 수 없는 긴장을 하나같이 안고 살았다.

성공의 잣대는 한결같았다. 가진 숫자의 총합이 얼마나 큰가. 노동의 대가로 쌓이는 증거는 하찮았다. 결국 누가 더 잘 불리는 지로 결정되었다. 이때부터 피 말리는 투자가 시작되었다. 주변에 수없이 많은 이가 망해도, 그건 자신의 사정이 될 수 없었다. 돋보이게 각인된 한탕 크게 건진 자만 바라보며, 나라고 못 될 게 뭐냐고 뒤질세라 덤볐다. 뒤도 돌아보지 않고 뛰어드는 이가 속출했다. 영혼까지 끌어모아 될 성싶은 대상을 사 모았다. 주식, 코인, 부동산 등 뭐든 오를 것 같으면 내 것으로 거둔 뒤, 잘 자라길 빌며 애지중지 바라봤다. 마치 바로 다음 날이면 빨갛게 자라 펑 하고 대박을 터트려줄 것처럼.

안 해 본 게 없었다. 날려 먹지 않은 투자가 없다는 말이다. 끝없는 하한가 기록을 세운 주식, 종이보다 싸진 코인, 깡통 전세 아파트를 소유한 하우스 푸어. 모두 내가 겪은 가엾은 신세다. 확률은 확률일 뿐이라며, 어떻게든 가진 걸 늘려보겠다고 애를 쓴 결과다. 잠깐

씩 소소하게 불렸던 적도 있었지만, 나보다 더 가진 자를 보며 욕심을 멈추지 못했다. 아니, 누구도 그만두기 어려운 사회에 살았다고 변명해본다.

만족하는 자는 바보였고, 계속 커지는 숫자를 만들지 못하면 도태됐다. 변하지 않는 우상향 직선을 그려내야만 의미 있는 삶으로 인정했다. 비교하고 경쟁하며 한없는 재산 불리기에 온 국민이 몰두했다. 이젠 그만하겠다는 이의 목 뒷덜미를 잡아채 멈출 수 없는 경주 트랙으로 다시 끌고 오는 일은 예삿일이었다. 서로가 가진 숫자를 스캔하며 잘난 놈인지 못난 놈인지 구분했다. 나 역시 한 번 사는 인생 잘나 보고 싶어서, 죽자 살자 애를 쓰며 막연한 투자를 이어 나갔다.

실패에 빠질 만큼 빠져 쓴맛이 익숙해 갈 때쯤, 소심한 의문이 솟아났다. 안타깝게도 이런 숫자놀음이 사람의 가치를 정하는 게 맞냐는 근원적인 의심은 아니었다. 그땐 어떻게든 저 위로 나를 올려야겠다는 욕망뿐이었기에. 분명 모두가 바라는 성공을 차지한 자들이 있었지만, 그들이 설파하는 조언이니 방법은 터무니없었다. 결과론적인 자랑에 가까웠고, 그저 되고 나서 하는 아무 말 대잔치였다. 그 언저리에는 전문가라 칭하는 자도 많았지만, 그들이 한다는 예측은 '여름에 물을 조심하고, 겨울에 감기를 조심하라'를 넘지 못했다. 이럴 수도 있고 저럴 수도 있다는 말은 해도 그만 안 해도 그만인 쓸데없는 말이었다.

냉소자의 달콤한 상상

그렇다면 혹시 그들도 모르고 있는 건 아닐까? 아무도 정확히 설명할 수 없다면, 애초에 이유나 원인 따윈 없는 게 아닐지. 모든 걸 걸고 이루어지는 전 인류의 투자라는 게, 한낱 운에 달린 무의미한 게 아닌지. 실패자가 원하는 그럴듯한 핑곗거리를 만들어내고 싶었는지도 모르겠다.

보이는 물질에 목매던 세상이 갑자기 멈췄다. 오르는 이유를 모르듯이 정지한 까닭도 딱히 없었다. 어느 날부터 숫자가 더 이상 움직이지 않았다. 커지지도 않았지만 그렇다고 작아지지도 않았다. 말 그대로 현상을 유지했다. 위에서 떠벌리는 자들은 일시적인 답보이며, 다시 올라갈 것을 쓰여 있는 책의 결말처럼 확실하게 예견했다. 시간이 아무리 흘러도 아무 일도 벌어지지 않았고, 그들은 어쩔 줄 몰라 했다. 숫자가 커지던 자와 투자 전문가라던 무리는 더 이상 말이 없었다.

누구도 그들에게 귀를 기울이지 않자 갈 곳을 잃었다. 지겹게 복제하듯 쏟아내던 온갖 콘텐츠는 쓰레기로 전락했다. 요지부동 숫자 덕에 망하는 사람은 사라졌지만, 어쩐 일인지 그들만 계속 망해 나갔다. 뽐내면서 자랑하고 홀려서 옆구리 찔러가며 챙기던 꼼수가 모두 들통났다. 더러운 물이 깨끗한 물로 변하듯 천천히 정화되었다. 내일이 되어도, 또 다음 내일이 되어도 숫자는 변하지 않았다.

변동 없는 시간은 영원히 이어졌다. 원래 그랬던 것처럼 적응하고 인식하기에 충분했다. 효과가 사라진 투자는 자취를 감췄다. 아무것도 오르지 않는 세상에선 의미 없는 행동이었으니. 일한 만큼 벌고, 번 만큼 쓰고 살았다. 여전히 더 벌고 덜 버는 차이는 존재했지만, 하루하루 목을 조이던 불안은 사라졌다. 예측할 수 없는 내일의 노예가 되는 일은 없었다. 이번엔 오를 거라고 맹목적으로 믿으며 인생을 거는 도박은 근절되었다. 던진 판돈은 딱 그만큼만 돌아왔다. 아무 일도 벌어지지 않는 허튼짓은 모두에게 외면받았다. 하나씩 가진 물건의 숫자를 잊어갔다. 언제나 똑같을 가치는 기억할 필요가 없으니.

주변의 가치가 꿈적도 하지 않자, 그제야 자신을 돌아보기 시작했다. 워낙 빠르게 오르고 내리는 소유물에 집착하느라, 그동안 나 자신은 우선순위에 없었다. 눈에 띄지 않는 대상에 눈길을 줄 여유 따윈 사치였으니. 모든 게 멈춘 지금 유일하게 자랄 수 있는 가치는 내면의 나뿐이었다. 숫자가 인생을 결정짓던 세상이 끝나고 나서야 비로소 마주한 자신이었다. 허탈한 마음을 안고 하나씩 속을 들여다보았다.

그 안엔 무궁무진한 가능성이 들어 있었다. 손에 잡히고 눈에 보이는 가치로만 설쳐대던 지난날에는 느낄 수 없었던 각각의 독특함이. 나만의 가치를 인정하고 매기는 건 다른 누구도 할 수 없었다. 꺼내 볼 수 없으니 남과 비교할 수 없었고, 그저 있는 그대로 소중했다. 나와 직접 대화를 나누며 온전히 하루를 보내고 나면 조금씩 자라 있었다. 성장이 사라진 세상에서 유일한 가치의 증가였다.

냉소자의 달콤한 상상

이제 아침이 두렵지 않다. 괜히 허황한 기대로 두리번대며 볼 뉴스도 차트도 없다. 바라볼 곳은 오로지 내 안의 진짜 나다. 나와 인사하고 나의 마음을 묻고 듣는다. 부족한 게 있는지, 하고 싶은 게 있는지, 좋은 게 있는지. 하루하루 소통하며 함께 자란다. 밖에 있는 물건을 어떻게든 요행으로 불리려 했던 어두컴컴한 시절을 넘어 드디어 중요한 본질, 자신에게 집중하는 날이 찾아왔다. 오직 오를 것이라곤 내 가치뿐이며, 그걸 느낄 수 있는 것도 나 자신뿐이다.

평온하면서도 충만한 삶을 제각각 가진 요즘이다. 혹시 갑자기 내 일부터 다시 온갖 숫자가 오르내린다 치더라도 별로 문제없지 않을까. 흔들리지 않고 나만의 평화를 유지할 수 있는 자신이 생겼으니. 아무것도 오르지 않는 지금 이 시간은 단단한 우리를 키우기 충분했다. 진정한 가치란 밖이 아닌 안에서 나온다는 걸 이제야 믿는다. 나 말고는 오를 게 없다.

신이 귀찮아하는 인간

아오, 쟤 또 시작이네. 아침에 깨자마자 아주 의욕이 충만해. 어제 그렇게 망하고도 어떻게 다시 일어설 수 있는지, 참. 매일 보지만 볼 때마다 신기하단 말이야. 이 정도 넘어졌으면 포기하고 '정해진 대로 살겠습니다'하고 찾아올 법도 한데. 어쩐지 얘는 끝까지 이렇게 살다 갈 것 같단 말이지. 휴, 그럼 인생 피곤해지는데. 보는 나도 매번 힘들고. 역시나 오늘을 시작하는 다짐도 어마 무시하구먼. "원하면 뭐든 해낼 수 있고, 어려워도 헤쳐 나갈 수 있다!" 그래, 이론적으로는 맞지. 테크니컬리 롸잇이라고. 근데, 내가 가진 너의 성공 확률을 보여주면 마음이 싹 바뀔 텐데, 규정상 알려줄 수도 없고 답답하네.

어떻게 보면 대단한 놈이야. 아무 고민과 도전 없이 편히 사는 이 시대에 혼자 저러고 있는 걸 보면. 어디서 그런 희망과 용기를 가져왔는지 모르겠네. 난 따로 준 적이 없는데. 시스템에 문제가 생긴 건가. 아무튼 저 녀석 하나 때문에 귀찮은 건 사실이야. 얘 빼고 나머지는 내가 미리 놓아준 길을 벗어나질 않아서 한번 세팅해두면 할 일이 없거든. 경로를 벗어나면 알아서 혼자 반성하고 돌아오니까. 이 친구는 도무지 예측이 불가능해. 어디로 튈지 몰라서 계속 신경 쓰고 봐줘야 한다니까. 보통 성가신 게 아니야. 농땡이를 피울 틈이 없어.

아, 난 직업이 '신'이야. 여기저기서 많이 찾으며 시도 때도 없이 불려가는 그 신 맞아. 쉽지 않은 직장이지. 전지전능하게 모든 일을 빠짐없이 처리하는 게 보기보다 어렵다고. 이쪽 분위기 잘 모르나 본데 잠깐 수다 좀 떨어볼까. 내가 맡은 관리 지역이 지구거든. 여기는 인간이 살고 있어. 처음엔 랜덤하게 눈 감고 주머니에서 뽑듯 태어나지. 성별, 외모, 능력 같은 거 아무것도 정하지 못하고.

다만 살면서 딱 하나를 스스로 결정할 수 있어. 내가, 그러니까 신이 정한 대로 살거냐 아니면 자신이 정하면서 살 건지. 중간에 얼마든지 바꿀 수도 있어. 이렇게 살다 저렇게 살다 할 수 있지. 어떤 게 더 좋거나 나쁘다는 건 없어. 선호에 따라 주는 선택의 기회일 뿐이야. 아무렇게 태어나 버렸는데 이 정도는 결정할 수 있게 해주자는 우리 회사 측의 배려지. 고를 수 있게 해주면 대충 반반 정도로 갈렸어. 선택지를 잘 만들었다는 이야기지. 우리가 일 잘하거든.

두 가지 그룹의 업무 난도는 분명히 다르긴 해. 정해줘야 하는 쪽이 처음에 좀 골머리를 앓지. 그래도 한 번 정하고 나면 끝이라 일이 늘어지지 않아서 좋아. 오히려 알아서 살아가는 쪽이 매우 번거롭지. 지속해서 지켜봐 주다가 막막해하면 믿음도 심어주고, 힘들 땐 살짝 돕기도 하면서 적절하게 보살펴야 하거든. 마치 성장기의 아이 돌보듯이 말이야. 한시도 눈을 뗄 수가 없어. 양쪽 다 의미가 있기 때문에 불만은 없어. 다만 후자의 비율이 대폭 줄었으면 좋겠다는 노동자로서 당연한 희망을 품을 뿐이었지. 퇴근 일찍 하고 싶은 건 나도 마찬가지라고.

근데 어쩌다 지금은 저 한 놈만 남았냐고? 그건 좀 스토리가 길어. 마침 쟤 자는 시간이니 그동안 쌓인 썰을 좀 풀어볼게. 일단 떠들기 편하게 앞서 말한 두 무리를 깔끔한 용어로 나눠보자고. 직장 생활의 묘미가 새로운 명칭 짓는 거 아니겠어? '운명론자'와 '개척론자'로 정해볼까 해. 어때, 딱 느낌 오지? 나름 이 바닥에서 어림잡아 따져도 400만 년 굴렀으니 이 정도 짬바는 갖췄거든. 갑자기 난생처음 업무 소개하려니까 긴장되긴 하네. 태초에는 비등비등하고 팽팽하게 둘로 나뉘던 무리가 어떻게 흘러왔는지 들어봐. 재밌을 거야.

이름도 멋진 '운명론자'는 내게 모든 걸 맡기는 부류야. 고심 끝에 정한 나의 결정을 운명이라고 믿고 사는 거지. 운명의 사랑이니 장난이니 하면서 무조건 따르는 거야. 무슨 일이 벌어져도 이미 정해진 결과라며 순순히 받아들이지. 그렇다고 내가 마구 대강 정하진 않아. 그럼 이 일을 오래 못했겠지. 고객 불만이 일정 수준 이상 생기면 자리를 뺏기거든. 초반에 시행착오를 겪긴 했지만, 점점 쌓이는 빅데이터를 활용해서 감을 잡았지. 적절하게 굴곡과 난관을 설치하고, 중간중간 성취와 행복을 주면서, 떠날 때 의미 있는 인생으로 느낄 수 있는 삶을 선물하고 있어. 전체적인 틀은 이렇고, 개인 성향에 따라 강도와 빈도를 조절하는 거야. 그들 모두의 인생에 우여곡절이 있고, 돌아보면 극적이었던 이유가 내 덕이라고.

운명론자들은 슬픈 일이 있으면 곧 지나간다고 믿으며 견디고, 기쁜 일이 있으면 눈물 흘려 감사해. 잘 살아가는 순간순간 내게 고마워하며 기도하지. 뭐라고 해야 하나, 선생님 말씀 잘 듣는 모범생이라고나 할까. 솔직히 내 입장은 편해. 한 번 정해주면 순순히 따르니까. 뭘 더 해주거나 바꿀 필요도 없으니 좋지. 나만 좋은 게 아니야. 그들도 매우 만족스러워해. 자발적으로 지인과 자식에게 강력히 추천하며 끌어들이는 모습을 보면 알 수 있어. 내돈내산 리뷰같이 알아서 순순히 퍼트릴 정도로 꽤나 좋았던 게지.

자, 듣기만 해도 지치는 '개척론자'. 나도 그들도 서로 힘들어. 뭐 하나 정해진 게 없거든. 자유의지를 통해 살아가는 스타일인데 지칠 수밖에 없어. 한 만큼 얻는다는 믿음이 확고해. 실제로 그렇게 굴러가는 인생이기도 하고. 아무것도 안 하면 아무 일도 벌어지지 않지만, 뭔가 하면 무슨 일이든 벌어질 수 있지. 그러니 쓰러지더라도 포기를 안 해. 더 하면 될 수 있다는 걸 아니까. 운명론자에겐 날 부를

때만 가면 되는데, 이 친구들은 별로 날 찾지 않는데도 항시 대기해야 해. 붙어서 관찰하며 무슨 삽질을 하고 있고, 어떤 똥을 싸고 앉아 있는지 기록하느라.

옆에서 지켜보기엔 안쓰럽고 짠하지. 진짜 원하는 걸 이루고 사는 경우는 드물거든. 실패한 자가 모자라거나 덜 노력해서가 아니야. 운에 달려 있는데 가능성이 희박하거든. 계속하면 언젠가 되긴 되는데, 그 언젠가가 언제일지 몰라. 대부분 짧은 인간의 수명을 훌쩍 넘거든. 이론상의 계산이 그렇다는 거야. 우연히 사는 동안 이루는 기적이 벌어지면 역사 속 인물로 기억되지. 뜻을 이룬 자가 아무도 없으면 제아무리 의지가 강한 개척론자라도 금방 마음을 바꿨을 거야. 확률이 0으로 보이는 걸 잡고 있긴 어려우니까. 간간이 터지는 잭팟처럼 누군가 이루는 모습을 보고 희망을 품는 거지. 작지만 분명한 희망이 이들의 계보를 이어온 원동력이었어.

둘의 비율이 달라진 계기는 입소문이었지. 와, 인간들 소문 전파 속도가 신을 능가하더라고. 순식간에 급격히 기울었어. 살아보니 운명론자가 편하긴 하거든. 적극적으로 주변에 알리고, 점점 후손에게 전해지니 금방 불어나는 거야. 대부분이 나한테 기대면서 정해 준 대로 살겠다고 고백하게 된 거지. 내가 보기에도 스스로 개척하는 건 보통 길은 아니야. 정해진 게 아무것도 없는 백지를 걷는 게 어디 쉽겠냐고. 매뉴얼 없이 인수인계받는 장면을 떠올려봐. 상상만 해도 끔찍하지.

근데 쭈욱 지켜보니까 단순히 편해서라기보다는 결정적인 차이 때문에 노선을 바꾸더라고. 바로 '삶에서 얻은 결과에 대한 이유'를 누구에게서 찾을 거냐. 쉽게 말해서 남 핑계 대기 쉬운 쪽으로 옮겨 탄 거지. 운명론자는 잘되든 못되든 나 때문이야. 잘한 일과 못한 일 중, 살면서 뭐가 더 자주, 오래 강렬하게 남겠어? 그렇지. 매일 밤 이불킥할 정도로 실수와 망친 일은 잊히질 않잖아. 그때 핑계를 나로 돌리면 되거든. '신이시여, 왜 내게 이런 고난을 주십니까!' 신인 내가 정해줘서 그런 것뿐이니 본인은 빠져나갈 구멍이 언제든 있는 거야.

반대로 개척론자는 어떻지? 망하면 죄다 본인 탓이야. 이게 보통 견디기 어려운 게 아니거든. 본인이 좀 더 잘했으면 안 그랬을 텐데 하면서 자책하느라 힘들어. 심해지면 괜히 고집부려서 택한 고생스러운 길을 후회하지. 신이 정한 대로 살았다면 자신을 원망할 일은 없었을 거라고 씁쓸하게 반대편을 돌아보게 되지. 그렇게 하나씩 술술 다 넘어가게 된 거야.

그래, 인정할게. 일은 정말 편해졌어. 땡보직이라고 해도 될 만큼 말이야. 다른 데는 이 정도까진 아니래. 인간이라는 종의 특성이 한쪽으로 쉽게 몰리는 경향이 있나 봐. 다른 동료가 날 부러워할 정도 니까. 심지어 나중엔 아예 하나로 통일이 되었어. 지구 전체가 나만 바라보는 인간으로 가득 찬 거야. 꽤 오랫동안 그랬지. 저 별종 녀석이 나타나기 전까진. 도대체 어디서 튀어나온 건지 모르겠어. 안 보다 봐서 그런지 더 특이하게 다가오더라고. 자기 말고 몽땅 주어진 운명대로 살고 있고, 태어나서 보고 배운 것도 그것뿐인데 꿋꿋이 저러고 있어.

덕분에 오랜만에 개척론자용 업무 보고서를 쓰고 있지. '모두 정해진 대로 살 때, 혼자서 광야를 방황하는 무법자. 막대한 운영 코스트 대비 효율은 최악.' 뭐 이런 식으로 채우고 있는데 너무 감정을 넣은 건 아닌지 모르겠네. 타이틀은 '신도 귀찮아하는 단 한 명의 자유인!' 정도 생각 중이야. 정말인데 어떻게. 보고서는 팩트가 생명이라고. 얘만 없으면 난 다시 쉴 수 있다니까. 누가 요즘 자신의 운명을 개척하는 생고생을 사서 하냐고. 남이 정해 준 대로 물 흐르듯 사는 게 트렌드지. 정하는 나도, 따르는 인간도 서로 편하고 얼마나 좋아.

내 운명은 정해져 있는 거냐고? 오, 예리한데. 우리 회사에 입사해도 되겠어. 우리도 인간과 똑같아. 고를 수 있어. 난 당연히 개척론자지. 아주 철저하게 말이야. 그 덕에 이 자리까지 오게 된 거고. 정해진 대로 살았으면 아무것도 못 한 채 이미 먼지가 되었을걸. 얼마나 힘든지 잘 아니까 쟤를 걱정하는 거야. 사실은 응원하는 마음에 가까워. 단지 업무 처리하기에 손이 많이 가서 번거로워하는 것뿐이라고.

우리 데이터에 없는 게 딱 하나 있는데 그게 '잠재력'이야. 측정이 안 되거든. 확률과는 다른 이야기야. 숨겨져 있어서 끝을 알 수가 없어. 누구에게나 존재하는 잠재력은 꺼내 쓰려고 애를 써야 드러나. 직접 해보기 전엔 알 수 없단 의미야. 엄청 괴로운 과정이지. 남들은 차라리 안 쓰고 말겠다며 포기하고 사는데, 그걸 한 번 써보겠다고 저 난리를 치고 있는 셈이지.

어, 독특한 녀석이 잠에서 깼네. 오늘은 뭔 허튼 짓거리를 벌이려나. 뭐라도 시도할 수 있도록 잘 봐줘야지 어쩌겠어. 딱히 할 일이 이것밖에 없기도 하고. 다른 인간은 알려준 대로 맞춰 잘 살고 있고, 새로 태어난 아기도 기존 운명 케이스 중에서 자동 맞춤 추천으로 정해지거든. 지겨워지던 참이었는데 잘 된 거로 생각하려고. 혹시 또 모르잖아? 나중에 저 친구가 내 후임자가 될지도. 정해진 건 없으니까.

바라는 미래의 처음

저벅저벅. 그들이 온다. 요 며칠 뜸하더니 조용히 숨어 날 감시한 모양이다. 가까워지는 발걸음에 맞춰 빠져나갈 채비를 갖춘다. 문밖에서 신호를 나누는 인기척이 느껴진다. 한편인 양 안쪽에서 함께 숨을 고르고 잠시 기다린다. 하나, 둘, 셋… '쾅!' 벌컥 열리는 문. 안으로 들이치는 무리를 향해 몸을 날린다. 개중 만만한 오른쪽 놈을 밀쳐서 만든 틈으로 휙 도망간다. 아직 해가 뜨기 전의 고요하고 어두컴컴한 세상. 오직 땅 위에는 타닥타닥 뜀박질 소리만 가득하다. 심장이 터질 때까지 쥐어짜 뛰고 나면 하릴없이 쓰러진다. 터벅터벅. 내 것이 사라지고 남은 발자국이 다가오는 소리. 이번에도 틀렸다. 차라리 눈을 감는다.

눈을 떴다. 또 구나. 항상 같은 꿈이다. 쫓고 쫓기다 잡혀 깬다. 그때부터다. 제멋대로 상상하며 글로 남기기 시작하면서. 통쾌한 마음 한구석엔 불안이 도사리고 있었다. 사회에 통용되지 않는 엉뚱한 생각을 늘어놓을수록 느껴졌다. 큰 눈 부릅뜬 채 버티고 선 기존 질서의 곱지 않은 시선이. 두 눈동자는 지나가는 농담처럼 던진 게 아니라는 걸 본능으로 알아채곤 불편해했다. 멀쩡할 땐 가만히 있다가도 정신을 잃고 쓰러지면 곧장 찾아왔다. 평소엔 어디서 지내다 이렇게나 쉽게 나타나는 걸까. 자주 그렇듯 답은 내 안에 있었다. 오래전에 떨쳐냈다 믿었던 고정관념. 무의식 속에 그대로 남아 여전한 위세를 뽐냈다. 자유로운 나를 붙잡으려 했던 건, 결국 또 다른 나였다.

밥 대신 약을 먹고, MBTI를 거부하고, 원하는 성별을 고르고, 대학에 가지 않고, 험담과 SNS가 사라진 세상. 고삐가 풀린 상상은 멈출 줄 몰랐다. 하나도 빠짐없이 통념에 의문을 던졌다. 지금 이렇다고 계속 그래야 하는지, 정말 모두가 좋아서 지키며 사는지. 원하는 답을 바로바로 내놓을 순 없었지만, 비틀고 뒤집어 보며 갈피를 잡으려 애썼다.

새삼 스스로 놀랐다. 못마땅한 게 이렇게나 많으면서 꾹 참고 잘도 살아왔구나. 모난 걸 내뱉기보단 삼키고 모른 척하기가 쉬운 걸 알게 된 건 언제부터였을까. 아마 키가 더 이상 크지 않을 무렵으로 기억한다. 별난 딴생각엔 따뜻한 호응보다 거센 질타가 뒤따르기 마련이었다. 아플 만큼 충분히 겪고 나선 관뒀다. 튀지 않고 무난하게 정해놓은 대로 살면서, 곁눈질을 버리고 앞만 보며 지냈다. 견고한 성 같은 선입견이 호시탐탐 엇나갈까 지켜보는 줄도 모른 채.

오랫동안 막혀 있던 상념의 분출구를 글이란 뾰족한 도구로 마침내 뚫었다. 억눌렸던 내 안의 삐딱이가 솟구쳐 뿜어져 나왔다. 생각은 마르지 않았고, 글자에 담아 넣는 손은 쉬지 못했다. 이제 다 꺼내 썼나 싶어 돌아서면, 다시 줄줄 흘러나와 하나라도 놓칠세라 옮기기 바빴다. 지금도 잠시 숨을 고르고 있을 뿐, 새로운 소재와 이어지는 이야기는 한참 길게 줄 서 있다. 화자의 입을 빌려서 하고 싶은 말을 쏟아냈다. 어차피 글이란 그런 거니까. 때론 고집스럽게 억지도 부리며, 때론 조악하게 취향을 내세우며 나만의 공간을 채워갔다. 자신이 살고 싶은 대로 마음껏 꾸밀 수 있는 신이라고 여기면서.

어쩐지 개운하지 못했다. 타들어 가는 목마름에 바닷물을 넘기듯이. 공상은 이어졌지만 갈증은 가시지 않았다. 현실이 되지 못하는 허구는 완벽히 달래줄 수 없었다. 존재하지 않는 너머에서 웃었던 미소는 턱턱 걸리며 실제의 경계를 넘지 못하고 사라졌다. 해소되지 않은 배고픔을 위해 다시 꿈을 꾸지만, 채울 수 없는 허기는 여전히 계속됐다. 뚜렷한 간극을 초조하게 바라보며, 중독된 사람처럼 원했다가 허무해하기를 반복했다. 진짜가 아니라는 사실을 인정할 때마다 스스로 물었다. 왜 그렇게까지 바라느냐고.

거짓된 상상은 왜일까. 문득 진실한 현재를 보며 깨우쳤다. 과거의 바람이 이루어진 지금은, 얼마나 많은 사람이 긴 시간을 바라고

냉소자의 달콤한 상상

기원한 결과일까. 수없는 시도와 실패가 쌓이고 쌓여 만들어진 모습을 편안하게 당연한 상식으로 받아들였다. 나 역시 그들과 같은 희망을 품고 끙끙댔다는 걸 알아챘다. 변화를 바라는 소망이야말로 존재하지 않는 세상을 문자로 세운 원동력이었다. 만약 내가 놓인 여기가 또 다른 미래의 시작이라면 어떨까. 지금부터 간절히 원하며 상상하면 언젠가 그런 날이 정말로 오지 않을지. 우리가 옛날에 머릿속에만 넣고 지내던 모습으로 기어코 살아가듯이.

같은 편이 필요하다. 혼자선 벅차다. 바라는 모습에 차이가 있어도 좋다. 중요한 건 당장을 향한 꿈틀대는 의구심이니까. 출발이 똑같다면 가능성이 높다. 함께하는 여정 속에 쌓이는 경험과 나누는 생각으로 더 나은 희망에 도달할 수 있다고 믿는다. 내가 쓰며 쌓아 올린 글은 힘을 보태줄 누군가를 찾는 깃발이다. 멀리서 누구든 볼 수 있게 높고 곧게 세워 헤매는 행동이다. 찾아와 함께 들어줄 그들을 위해 상상을 멈추지 않겠다. 현실은 상상으로부터 출발한다. 깃발을 놓치면 거기서 끝이다. 그 자리에 주저앉아 바라지 않는 대로 살게 될 테니.

* 세상을 가득 채운 무기력과 절망을 조금이라고 덜어주고 싶습니다. 이 책에 발생하는 저작의 모든 수익을 도움이 필요한 곳에 전액 기부합니다. 저의 작은 마음이 우리가 원하는 상상을 현실로 가져오는 데 쓰이길 바랍니다.